Conrad Arnold Schmid

DER AETNA

DES CORNELIUS SEVERUS

Conrad Arnold Schmid

DER AETNA
DES CORNELIUS SEVERUS

ISBN/EAN: 9783743434172

Hergestellt in Europa, USA, Kanada, Australien, Japan

Cover: Foto ©Andreas Hilbeck / pixelio.de

Manufactured and distributed by brebook publishing software (www.brebook.com)

Conrad Arnold Schmid

DER AETNA

Der Aetna
des Cornelius Severus

übersetzt

von

Conrad Arnold Schmid,

Professor am Collegio Carolino.

Braunschweig,
im Verlage der Fürstl. Waisenhausbuchhandlung
1769.

An des
Herrn Abt Jerusalem
Hochwürden.

In der neuen Empfindung einer Freude, welche die erste Hoffnung der Genesung Ew. Hochwürden über mein Herz ergiesset, weihe ich Ihnen diese Blätter, die Frucht von ruhigern Stunden, als mir die gegenwärtigen sind. Ich fühle mich gedrungen, diese meine Em-

pfin=

pfindung über die angenehmste Aussicht in eine Zukunft, die sich mir, in der Verbindung mit der Freude Ihres Hauses, wieder eröffnet hat, so weit zu verbreiten, als es mir möglich ist. Wenn ich auch in meiner ganzen Schrift dem Publico nichts anders mitgetheilt hätte, als diese Nachricht, so bin ich schon überzeugt, daß mein Buch ihm nicht unangenehm seyn kann. Ich bin vielleicht der erste, der ihm den Genuß der ihrer Vereitelung entronnenen

nenen schönsten Erwartungen wiebergiebt, und der durch diese Vorstellung unzählige Herzen leicht macht, deren Bekümmerniß schon in laute Klagen ausbrach. Diese meine Gemüthsverfassung, in welcher die schüchterne Freude noch so nahe an die Sorge gränzt, die mich bisher erschüttert hat, läßt mich itzt zu keinen andern Gedanken kommen, als zu den eifrigsten meiner Wünsche, daß der Allerhöchste Ew. Hochwürden allen denen wieder schenken wolle, die mit mir und meinem Hause die baldige Herstellung Ihrer völligen Kräfte von ihm bitten. Ich beharre mit der ehrerbietigsten Ergebenheit

Ew. Hochwürden

Braunschweig,
den 8. April, 1769.

gehorsamster Diener,
C. A. Schmid.

Vorrede.

Das Gedicht, deſſen Ueberſetzung ich der beſcheidenen Prüfung eines billigen Leſers übergebe, gehört ohnfehlbar zu den Ueberreſten des Alterthums, die der Aufmerkſamkeit unſerer Zeit nicht ganz entzogen werden ſollten. Es wird zu wenig geleſen, und iſt beynahe gar nicht mehr in den Händen derer, die ſonſt in den Schriften der Römer den hohen Grad der ſchönen Künſte, den dieſes Volk unter dem Auguſt erreicht hatte, zu fühlen und zu ſchätzen wiſſen. Zugegeben, daß der Aetna des Sever nicht das vollkommenſte Stück unter denſelben, und nur ein Werk eines jungen Dichters, eines erſt aufblühenden Genies iſt, ſo bleibt es doch allemal in der Harmonie der Verſe, in dem edlen Ausdrucke, in der Ausbildung einzelner Stellen, und ſelbſt in ſeinem Inhalte, und in dem Muthe, sich über alte Vorurtheile empor zu schwingen, ihnen Ueberzeugung und Wahrheit entgegen zu setzen, und die Natur selbst in ihrer Werkstatt zu überraschen, ungemein schätzenswerth.

Quintilian, dieser einsichtsvolle Vertheidiger des ächten und unverfälschten Ausdrucks in der Sprache der römischen Beredsamkeit, räumt, im Anfange des zehnten Buchs seiner Anweisungen dazu, unserm Sever das ein, was er andern epischen Dichtern, dem Macer, dem Lucrez, dem Varro, dem Ennius, und selbst dem Ovid, nebst vielen andern nicht einräumte, daß er von der Seite des feinsten Geschmacks in der Schreibart, den sich der junge Redner eigen machen soll, mit dem ersten der römischen Dichter, dem Virgil, auf Einem Wege gewesen sey. Ich will seine eigenen Worte hersetzen. „Was „den Cornelius Severus anbetrift, ob dieser gleich glücklicher versificirte, als dich„tete, so würde er sich doch mit allem Rechte „den zweyten Rang, nach dem Virgil, „zueignen können, wenn er sein Gedicht „von dem Kriege Siciliens in der Schreibart,

Vorrede.

„art, wovon er im ersten Buche eine Probe
„gegeben, ganz vollendet hätte. Allein
„sein frühzeitiger Tod ließ ihn seine völlige
„Größe nicht erreichen. Indeß zeigen die
„Früchte seiner ersten Jugend schon einen
„vorzüglich großen Kopf, und einen, be-
„sonders in diesem Alter, bewunderns-
„würdigen Vorsatz, dem guten Geschmacke
„treu zu bleiben." Wäre alles vom Sever
verlohren gegangen, so würde ich diese Stelle des Quintilian nie ohne ein heimliches
Verlangen lesen können, zum wenigsten ein
einziges Stück, und wäre es auch noch so
unvollkommen, von einem jungen Dichter
in Händen zu haben, der Hoffnung gab,
der zweyte nach dem Virgil zu werden.
Freylich hätte ich mir von der unerbittlichen
Tyrannin, deren Gewalt wir alle Werke
unsers Fleißes unterwerfen müssen, sein
Buch vom Sicilianischen Kriege ausgebeten,
wenn ich ihr hätte vorschreiben dürfen, was
sie vertilgen und erhalten sollte. Allein,
statt dessen hat sie mich nur, wer weiß warum? mit ein Paar Jugendstücken von ihm,
mit fünf und zwanzig Versen auf den Tod
des Cicero, und mit dem Aetna beschenken
wollen.

wollen. Ein Glück für mich, daß sie einmal auf guter Laune, und nicht ganz Vertilgerinn gewesen ist! Sollte ich aber auch das geringere Geschenk von ihrer Hand nicht dankbar annehmen? Sollte ich nicht gern von dem meinigen etwas beytragen, es ferner zu erhalten, und es in mehrerer Leser Hände zu bringen? Ich bin in andern Empfindungen nicht so sehr der einzige Mensch in meiner Art, daß ich nicht auch den meisten unter denen, welche die schönen Künste in den Werken des Alterthums ehren, ähnliche Empfindungen hierin zutrauen könnte.

Durch dergleichen Vorstellungen ließ sich wenigstens der große Scaliger bewegen, unzählige Fehler der alten Abschreiber, die den Aetna des Sever lange verdunkelt hatten, mit seiner kritischen Scharfsinnigkeit und tiefen Kenntniß der lateinischen Sprache glücklich zu verbessern; So dachte der berühmte Johann le Clerc, (unter dem Namen Theodorus Gorallus) als er mit mehrerer Einsicht in die Naturgeschichte und mit einem feineren Gefühle des Geistes, der in diesem Dichter herrscht, Scaligers Fußstapfen nachgieng, seine Aufklärungen und
Ver-

Vorrede.

Verbesserungen abermals aufklärte und verbesserte, schwankende Muthmaßungen mit Stellen aus andern alten Schriftstellern bis zur Gewißheit trieb, und den Sinn der Worte, der hier und dort noch, wie in einer dunklen Entfernung nur halb kenntlich war, durch eine prosaische Umschreibung dem Auge des Lesers näher brachte. Beyde klagen, und zwar mit allem Rechte, daß sie oft nur nach dem Verstande des Dichters getappt; beyde befürchten Verfälschungen des unwissenden oder sich übereilenden Abschreibers; beyde wünschen sich bessere und zuverläßigere Handschriften. Sie wußten beyde auch wohl, daß sie kein Werk aufputzten, das die Meisterhand durchgehends zeigte, und dennoch erwarteten sie von Kennern Dank. Sie haben ihn verdient und erhalten.* Nach ihnen hat

―――――――――
* Le Clerc gab den Aetna mit Scaligers, Lindenbruchs und seinen eigenen Anmerkungen, nebst seiner prosaischen Umschreibung zuerst in Amsterdam 1703 heraus. Seine Ausgabe ward bey Dav. Mortier 1715 wieder aufgelegt. Dieser habe ich mich bey meiner Uebersetzung bedient. Herr Hamberger erwähnt ihrer in seinen zuverläßigen Nachrichten von den alten Schriftstellern nicht.

hat, so viel ich weiß, niemand weiter sich bemühet, den Aetna des Sever bekannter zu machen, oder ihn vielmehr der Gefahr zu entziehen, beynahe gänzlich vergessen zu werden.

Den Dienst, den diese beyden Gelehrten dem lateinischen Publiko leisteten, wünsche ich dem deutschen Publiko durch meine Uebersetzung wenigstens in so fern geleistet zu haben, daß diese verehrungswürdige Klasse von Lesern nicht ganz von der Kenntniß eines nicht unbeträchtlichen Stücks aus dem glücklichsten Jahrhunderte der schönen Künste ausgeschlossen wäre, und mir vielleicht eine kleine Abwechselung in ihren Erholungsstunden danken möchte. Ich habe mir vorzüglich den Fleiß der vorhererwähnten Gelehrten zu Nutze gemacht, ohne selbst darüber sicher und unfleißig zu werden. Demohngeachtet sehe ich voraus — doch, kein Wort mehr von mir! Der Verfasser, der sich genöthigt sieht, sich zu entschuldigen, oder der sich wohl gar selbst lobt, hat bey vernünftigen Lesern allemal verspielt.

Dieses wäre vielleicht der natürlichste Schluß meiner Vorrede. Weil ich mich
aber

aber einmal der Pflicht unterzogen habe, meine deutschen Leser mit meinem Dichter näher bekannt zu machen, so will ich einige Kleinigkeiten, die ihn angehen, nicht unterdrücken.

Unter den neuern Schriftstellern, die das wenige, was wir von seinem Leben und seinen Schriften wissen, dem einzigen Quintilian nacherzählen, finde ich keinen, der auch angemerkt hätte, daß sich Manilius, der für einen Zeitgenossen des Sever gehalten wird, in seinem Gedichte von der Astronomie, manchmal fast mit den Worten unsers Dichters ausdrückt. Dieser sagt zum Exempel v. 143. Tu modo subtiles, animo duce, percipe curas, und Manilius sagt im dritten Buche v. 43. Nunc age subtili rem summam perspice cura. Le Clerc hat dieses schon angemerkt, und mit dem Eingange des dritten Buchs von der Astronomie noch mehr bestätigt. Ich vermuthe, daß Manilius den Sever, und nicht dieser jenen gelesen, weil der Dichter der Astronomie noch nicht einmal mit zuverläßiger Gewißheit unter die Zeitgenossen des Sever gesetzt werden kann. Ovid setzt ihn

ihn nicht darunter, da er doch, im letzten Stücke seiner Briefe aus dem Pontus, ein langes Verzeichniß der Dichter macht, die mit ihm und dem Sever zugleich in Rom geblühet haben. Man müßte überdieß den Dichter des Aetna gar nicht gelesen haben, wenn man es nicht wahrscheinlicher finden sollte, daß er über den recht weit getriebenen Aberglauben vom Einflusse der Planeten in die Temperamente und Handlungen der Menschen, der das Gedicht des Manilius nicht wenig verstellet, eher gelacht als etwas daraus nachgeahmet hätte, ob er es gleich, wie alle Dichter seiner Zeit, für einen Theil der philosophischen Kenntniß hielt, zu wissen:

Saturni cur stella tenax, cur Martia pugnax.
Sever, v. 242.

Wollte jemand meine Anmerkung mit dem Einwurfe vernichten, daß beyde vielleicht einen Dritten vor Augen gehabt, dessen Werke verlohren wären, so muß ich ihm Recht lassen.

Sever soll auch, wie einige behaupten, Trauerspiele verfertiget haben. Ist die Stelle,
woraus

Vorrede.

woraus main deses schließt, recht verstanden, so hat er im Trauerspiele sogar seine größte Stärke gehabt. Ich bin davon noch nicht völlig überzeugt. Sein Freund und Verehrer Ovid nennt, in dem vorher angeführten Briefe, die Art der Gedichte, worinn Sever schrieb: carmen regale,

Quique dedit Latio *carmen regale* Severus,

und den Dichter, in einem andern Briefe, den er an ihn selbst gerichtet hat: *magnorum regum vatem.* Ich weiß aber nicht, ob das carmen regale nothwendig ein Trauerspiel seyn müßte. Das Urtheil des Quintilian macht mich in diesem Stücke zweifelhaft. Warum sollte dieser eben ein unvollendetes Werk, den Krieg Siciliens, zum stärksten seiner Stücke gemacht haben, wenn er im Trauerspiele am glücklichsten gewesen wäre, welches doch Ovid, (falls der Ausdruck auf keine andere Arten von Gedichten, vorzüglich die Epopee, zielen kann,) offenbar sagt? Vielleicht aber hatte Sever zu der Zeit, als Ovid an ihn schrieb, noch den Sicilianischen Krieg zu besingen

nicht

nicht angefangen? Er war nur als ein glücklicher Trauerspieldichter bekannt? Wäre dieses, so würde ich mich freuen, diese vortreffliche Kunst in dem großen Genie des Sever angetroffen zu haben, und wünschen, daß die vertilgende Zeit auch seine Meisterstücke in dieser Art verschont hätte. So aber hören wir ihn allein von einem feuerspeyenden Berge singen! Hier ist beynahe alle Kunst verlohren! Hier ist kein Leben, keine Action, kein Affect, wie im Trauerspiele! Hier kann der Dichter keinen Anspruch an einen, in ein lautes Geklatsche oder in redende Thränen eines ganzen Volks ausbrechenden Beyfall machen! Hier kann er nicht die Lorbeern einsammeln, die dem Dichter geweihet sind, von dem Horaz sagt:

Semper ad *eventum* festinat.

Unser Verlangen nach seinen reiferen Werken, die wir nicht haben, muß indeß unsere Dankbarkeit gegen das Werk, das wir haben, nicht hemmen. Laßt uns gegen das Interessante, das wir auch im Aetna antreffen, nicht kalt und ohne Gefühl

Vorrede.

fühl seyn. Der junge Sever hat das Schwerfällige der Materie, die er gewählt, gewiß selbst empfunden, und es ist der Billigkeit gemäß, daß wir den Fleiß und die Kunst, womit er sich zu helfen gewußt, ohne Vorurtheil, ohne Vergrößerung dessen, was ein durch die Kritik verfeinerter Geschmack unserer Zeit daran vermissen möchte, frey und ungescheut auf uns würken lassen. Seine Ausschweifungen, und vorzüglich die Geschichte der beyden geretteten Brüder in der eingeäscherten Stadt Catana, gehören zu dieser Hülfe.

Eins muß ich hier zu erinnern nicht vergessen, um die Wahl des Sever zu rechtfertigen. Ausserdem, daß er als junger Dichter viel prächtiges, und als junger Philosoph viel wahres und neues sagen wollte, so war der Aetna gleichsam der Lieblingsgegenstand der Dichter seiner Zeit. Selten ließ eine epische Muse die Flamme des Aetna ungenutzt ausbrechen, daß sie nicht das Feuer ihres Gesanges damit vermehret hätte. Seneca der Philosoph sagt uns dieses, im neun und siebenzigsten Briefe,

se, ausdrücklich. Sein Freund, der junge Dichter Lucil, sollte, auf seine Gefahr, der vierte Aetnasänger werden, da ihn Virgil, Ovid und Sever bereits besungen hatten. Die Stelle scheint mir, ihrer Länge ohngeachtet, werth zu seyn, daß ich sie hier anführe: „Deine poetische Krankheit wird „dich, liebster Lucil, nicht eher ruhen las„sen, bis du, wenn es dir auch niemand „auftrüge, den Aetna in deinem Gedichte „beschrieben, und diesen, allen Poeten so „gewöhnlichen Gegenstand, auch bearbei„tet hast. Das unverbesserliche Gemähl„de des Virgil vom Aetna hinderte den „Ovid nicht, ihn auch zu mahlen. Keiner „von beyden schreckte sogar den Cornelius „Severus davon ab. Diese Materie ist „überdieß allen zur glücklichen Bearbeitung „gleichsam gefällig gewesen, und die vor„gegangen sind, scheinen mir, was davon „gesagt werden konnte, nicht vorher weg„genommen, sondern nur eröffnet zu ha„ben. Es ist aber ein großer Unterschied, „ob man sich an eine erschöpfte, oder an „eine vorgearbeitete Materie wagt. Diese „wächst von einem Tage zum andern, und
„denen

Vorrede.

„denen, die erfinden wollen, steht das Er=
„fundene nicht im Wege. Zudem hat der
„letzte die meisten Vortheile. Er findet
„schon Worte in Bereitschaft, die, so
„bald sie nur anders geordnet sind, ein
„neues Ansehen bekommen. Er maßt sich
„keine fremde Güter an, denn sie sind
„dem öffentlichen Gebrauche schon gewid=
„met. Die Juristen sagen: Was dem
„Publiko gehört, wird nicht usucapirt.
„Ich kenne dich entweder nicht, oder der
„Aetna reizt deinen Geschmack. Du hast
„schon eine Begierde, was großes, und
„den älteren Dichtern gleiches, zu schrei=
„ben. Denn mehr zu hoffen, verstattet
„dir deine Bescheidenheit nicht, die bey
„dir so groß ist, daß ich glaube, du wür=
„dest die Kräfte deines Geistes selbst ein=
„schränken, wenn du den Sieg über sie
„befürchten könntest. So viel Ehrerbie=
„tigkeit hegst du für ältere Dichter!"
Diese Gedanken des Seneca rechtfertigen
nicht allein die Wahl des Sever, sondern
sie werden uns auch Muth machen, seinen
Aetna neben dem vortrefflich ausgearbeiteten
Vesuv des Vaters unserer Dichtkunst noch

immer

immer schön zu finden. Opitz bekräftigt die Anmerkung des Philosophen, daß der letztere Dichter mehr Vortheile hat, als seine Vorgänger alle; aber die Vorgänger heben auch die Schönheiten des letztern, wenn er jene recht zu nutzen gewußt, ohne deßwegen von ihrer eigenen Schönheit etwas zu verlieren. Mit einem doppelten Vergnügen findet man die Züge eines uralten Gemähldes in einem neuern Meisterstücke wieder; und man wendet mit einem doppelten Vergnügen seine Blicke von dem neuern Gemählde auf die glücklichen Züge des alten zurück, worauf der Mahler unserer Zeit seine Blicke heftete, als er sie seinem neuen Meisterstücke einverleibte. Auf diese Art wird mir durch die Nachahmungen des Opitz, der Aetna des Sever noch immer angenehmer. Ich wage es wohl gar zu denken, daß jener nicht einmal darauf gefallen wäre, der Nachwelt durch seinen Vesuv ein so angenehmes Geschenk zu machen, wenn die Kühnheit des jungen Römers ihn nicht auch, vielleicht schon in seiner Jugend, zu einem ähnlichen Unternehmen angespornt hätte.

Vorrede.

hätte.* Opitz hatte ihn wenigstens unter seiner Arbeit beständig vor Augen. Ich hoffe meinen Lesern nicht zur Last zu fallen, wenn ich ihnen dieses nur in den kürzesten Stellen zeige, die sich mir sogleich darbieten.

Opitz   Sever
v. 7=13. Ich will mit Wahrheit schreiben, v. 90=93.
 Warum Vesuvius kann Steine von sich
    treiben,
 Woher sein Brennen rührt, und was
    es etwan sey,
 Wovon die Glut sich nährt. Apollo,
    komm herbey   v. 4=8.
 Mit deiner Musenschaar, laß ihre Hand
    mich leiten
 Auf dieser neuen Bahn, so will ich
    sicher schreiten
 Wohin mein Geist mich trägt.
          Bald

---

*Die nähere Veranlassung gab ihm die erschreckliche Entzündung des Vesuv, und das damit verknüpfte Erdbeben, das im Jahr 1632 allen herumliegenden Gegenden den Untergang dräute. Dieses sagt Opitz selbst in seiner lateinischen Zueignungsschrift: Vesuvius ante annum vniuersae Campaniae conflagrationem minatus, dignum argumentum visus est, cuius et causas incendii — versibus includerem. Es ist also die Muthmaßung meines Freundes, des Herrn Zachariä, die er in seiner Vorrede von dieser Veranlassung äußert, nicht mehr bloße Wahrscheinlichkeit.

Vorrede.

Opitz

v. 186=188. Bald kömmt ein solches Krachen
Als wenn der Jupiter mit Donner in
die Sachen
Der schnöden Menschen schlägt.

v. 227=238. Und jeder ist bemüht mit sich et=
was zu faffen,
Das ihm vor allem lieb: doch folgt der
Raub nicht gar,
Und mancher kömmt durch Geitz in
Jammer und Gefahr,
Bleibt selber, wo sein Geld. Die Glut
muß aber weichen,
Dem, den der Himmel liebt; sie giebet
fast ein Zeichen
Der Gunst zur Gottesfurcht. So ward
vor dieser Zeit
Der frommen Brüder Paar vor Etna
auch befreyt,
Die, als die andern zwar ihr Gold
und Güter trugen,
Der Eltern süße Last um ihre Schul=
tern schlugen,
Das Reichthum ihrer Pflicht.

v. 240=244. Ein Feuer wahrer Treu, versichert
vor den Flammen
Wohin sie beyde gehn, da laufen sie
zusammen,
Sind schamroth, ihnen nur zu thun
ein kleines Leid,
Und machen freye Bahn. Wie ist die
Frömmigkeit
Dem Menschen fort und fort sein bester
Schirm und Schatten!

Sever

v. 605.

v. 616=618.

v.620=621.

v.626=627.

v. 628.
v. 632.
v. 631.
v. 629=630.

So

Vorrede.

Opitz · Sever

v. 266=280. So fange, Muse, nun die Ursach
            an zu sagen,   v. 124.
   Woher des Berges Glut, das schwere
           Donnerschlagen,
   Der Quell des Feuers sey. Es glaube
           keiner nicht   v. 29=31.
   Dieß, was der Dichter Wahn von die=
           sen Orten spricht,
   Vulkanus habe sie zu seiner Werkstatt
           innen.
v. 284=285. Sie nennen auch Giganten, v. 43=44.
   So auf die Himmlischen mit stolzem
           Sinn entbrannten.
v. 292. Nun diese Freyheit ist Poeten ja zu
           geben.   v. 90.
v. 304=305. Das Erdreich, alsoweit sein großer
           Umschweif reichet, v. 93=95.
   Ist löcherich und hohl.
v. 315=316. Daß dieses große Thier den Athem
           schöpfen kann,   v. 97=98.
   Und Blut und Adern regt.
v. 373=374. Der ganze Boden hier sey um und
           um durchfahren v. 133=134.
   Mit Löchern, da der Wind sich bringet
           aus und ein.
v. 409=412. So geht das Feuer an, wie etwan
           von den Winden, v. 362=364.
   Wenn ihr ergrimmter Sturm den Wald
           zusammen treibt,
   Ein Baum so oft und viel des andern
           Aeste reibt,
   Daß durch Erhitzung sich die lichte Loh
           empöret.
v. 506=507. Was sagt er, daß ein Fluß verschluckt
           wird von der Erden, v. 131=132.
   Und anderwärts hernach muß ausge=
           speyet werden, u. s. f.

Es sind sogar der Opitzischen Muse aus der Quelle des Sever lange Ausschweifungen in die Moral zugeströmet. Denn auch Opitz mußte sich, bey der Gefahr, mit dem ganzen Gepraßel eines feuerspeyenden Berges den Leser in den Schlaf zu singen, mit angenehmen Lehrsprüchen und Ausschweifungen helfen. Ich will meine Leser gleichfalls nicht lange mehr ermüden. Es ist mir genung, nur in etwas gezeigt zu haben, daß der Aetna des Sever das Unterhaltende, auch für deutsche Leser, auch für unsere Zeit, nicht ganz verlohren hat. Was sage ich: auch für unsere Zeit? Er ist leider besonders für unsere Zeit unterhaltend. Das schrecklichste Phänomen der Natur für unsere Erdkugel, ein fast allgemein gewordenes Erdbeben, empfiehlt uns ihn. Wir werden durch die Erfahrungen unserer Nachbarn und durch die Furcht ähnlicher Erfahrungen nur gar zu oft an die traurigen Würkungen eines unterirdischen Brandes erinnert. Wer wird nicht itzt gern hören wollen, was schon ein Dichter unter dem August über die Ursachen desselben nachgedacht hat? Doch, wenn Sever nur von dieser Seite für uns interessant ist, so wünsche ich selbst, daß er bald wieder vergessen sey.

Sendschreiben des Ovid an den Cornelius Severus.

Von der entfernten Welt der unbeschornen Geten
Eilt, edelster Sever, dieß Blatt dir, schüchtern zu.
Du singst der Helden Lob, groß unter Roms Poeten;
Kaum singt ein Dichter Roms der Helden Lob, wie du.
Beschämt gesteh ich dirs (darf ich dirs auch gestehen?)
Bisher schmückt noch mein Werk dein großer Name nicht.
Ein versefreyer Brief ließ oft mein Herz dich sehen;
Hierinn beschämt mich nie die Schuld versäumter Pflicht.
Doch weiht ich dir kein Lied; der Wohlthat Angedenken
Versagte meine Furcht in Versen dir allein.
Dir, der selbst Dichter ist, dir sollt' ich Verse schenken?
Dir, dem kein Lied mißglückt, dir sollt ich Lieder weihn?
Wer wird dem Triptolem der Felder Früchte geben?
Und dem Alcinous, des Obstbaums süße Last?
Dem Aristäus, Wachs? und Wein, dem Gott der Reben?
So schenkt ich dir, Sever, was du weit besser hast!

Dein Geist ist liederreich, und dein fruchtbarer Busen
  Bringt, wie das Feld die Frucht, sie ohne Zahl hervor.
Kein Dichter am Parnaß, kein Liebling deiner Musen
  Reizt glücklicher, als du, des Kenners richtend Ohr.
Wer Wäldern Blätter schickt, wird dir auch Lieder schicken.
  Dieß wars, was meinen Muth zum Dichten niederschlug.
Noch mehr, itzt will mir auch kein Lied, wie vormals, glücken.
  Im trocknen Sande wühlt mein unfruchtbarer Pflug.
Denn wie der träge Schlamm des Wassers Klarheit hemmet,
  Und, ist der Quell verstopft, der Bach auch nicht mehr fließt:
So trübt auch meinen Geist die Noth, die mich beklemmet;
  So stockt mein Lied, das sich bey Tropfen nur ergießt.
Und wäre selbst Homer in dieses Land versetzet,
  So wäre, glaube mir, ein Gete selbst Homer.
Verzeih, daß ichs gesteh: Was ich so hoch geschätzet,
  Der Künste Schönheit selbst reizt meinen Fleiß nicht sehr.
Nur selten schreib ich noch, und die Begeisterungen,
  Des Dichters heiligs Feur, das seine Kühnheit nährt,

Die

Die Wuth, worinn auch ich sonst manches Lied ge=
  sungen,
„Und vieler Ruhm erhöht, sind mir nicht mehr ge=
  währt.
Kaum hilft die Muse mir, kaum, und mit trägen
  Zügen,
Beschreibt sie noch mein Blatt, das ich itzt auf=
  gerafft.
Mir ist der Fleiß Verdruß, und Schreiben kein Ver=
  gnügen,
Und Vers' aus Wörtern baun, verhaßt und ekel=
  haft.
Vielleicht, weil ich durch sie Kunst, Müh und Zeit
  verlohren,
Und, statt des Lohns dafür, dieß Elend nur er=
  reicht;
Vielleicht, weil der Poet, den keiner hört, dem
  Thoren,
Der in der Finsterniß nach Regeln tanzet, gleicht.

Der Hörer giebt uns Fleiß; stets wächst gepriesne
  Tugend,
Der Ruhm hat einen Sporn zu grenzenlosen Höh'n.

Wer ist mein Hörer hier? Bloß der Coraller Jugend,

Und andre Völker mehr, die mich doch nicht ver=
  stehn.
Womit zerstreu ich mich, wenn ich mich einsam kränke?

Womit verkürz ich mir den kummervollen Tag?

Denn, weil ich nicht den Wein und nicht des Spie=
  les Ränke,
Der Langenweile Trost, zum Troste wählen mag;

Weil ich (dieß wünscht ich nur! ich wünsch es, ach,
 vergebens!
Denn ewig facht der Krieg den Grimm der Bar-
 barn an)
Mein Feld, mein kleines Feld, zur Freude meines
 Lebens,
Mit arbeitsamer Hand nicht selber bauen kann:

Was ist mir Aermsten dann zum Troste noch ge-
 blieben?
Die Muse nur allein, die kalte Trösterinn!
Sie, die mich aus dem Schooß des Vaterlands ver-
 trieben!
Sie, der ich's danken kann, daß ich ein Gete bin!

Du, der mit besserm Glück der Musen Quelle trinket,
 Genieße froh dein Glück, bleib deiner Kunst getreu.
Bewohn ihr Heiligthum, wohin dein Ruhm dir winket,
 Und mache durch ein Lied des Freunds Vergnügen
 neu.

Der Aetna.

1.

Der Aetna, und sein aus glühenden Schlünden hervorbrechendes Feuer sey mein Gesang. Die Muse soll den mächtigen Ursachen nachspüren, die den sich herauswälzenden Brand in Bewegung setzen, die seinem Donner gebieten, und brausende Volkane tobend machen.

Flöße du mir selbst, Gott der Dichtkunst, mein Lied durch deine Gegenwart ein! 5 Nahe dich mir, es mag nun Xanthos, oder dein angenehmeres Delos, oder Python itzt dein Auf-

AETNA.

Aetna mihi, rupti que cauis fornacibus ignes,
Et quae tam fortes voluant incendia causae,
Quod fremat imperium, quid raucos torqueat aestus,
Carmen erit. Dexter venias mihi carminis auctor,
5 Seu te Xanthos habet, seu Delos gratior illa,
Seu tibi Python est potior; tecum que fauentes

enthalt seyn. Sammt dir, eile zugleich das jungfräuliche Chor der Musen, meinen neuen Wünschen hold, von seinem pierischen Quell herbey! Mit minderer Gefahr werde ich unter deiner Anführung, Apoll, einen noch unbetretenen Pfad durchwandeln.

Wer hat nicht bereits jene goldenen Jahrhunderte, und die ruhige Sicherheit unter dem Zepter Saturns von Dichtern besingen gehört, 10. als noch niemand mühsam bearbeiteten Foldern die Garben der Ceres anvertraute, niemand von einem schädlichen Kraute die Hoffnung seiner Feldfrüchte retten mußte, und dagegen heilige Ernäten die jährlich vollgepfropften Scheuren anfüllten; als der Wein, ohne durch den Fleiß des Winzers bearbeitet zu werden, sich von selbst aus seinen Trauben ergoß, Honig von biegsamen Blättern und das Geschenk der
Pallas

※❦※

In noua Pierio properent a fonte Sorores
Vota; per infolitum, Phoebo duce, cautius itur.
   Aurea fecuri quis nefcit faecula regis?
10 Cum domitis nemo Cererem iactaret in aruis,
   Venturisque malas prohiberent frugibus herbas,
   Annua fed facrae complerent horrea meffes,
   Ipfe fuo flueret Bacchus pede, mella que lentis
Penderent foliis, et pingui Pallas oliua,

Pallas vom fetten Oelbaume herabtrof; [15] da der noch nicht in Mauren eingekerkerte Mensch nur die Anmuth des sorgenfreyen Landlebens kannte. Niemand ist so glücklich gewesen, mit seinem eigenen Zeitalter genauer bekannt zu seyn! Welcher Dichter hat den sauren Kampf jener Jünglinge um das goldene Vließ, diese uralte Geschichte, unbesungen gelassen? Wer hat nicht das in griechischen Flammen stehende Troja, und eine von funfzig niedergemetzelten Söhnen umringte Hekuba beweint, oder jene Schandthat des Thyest, [20] die den Tag selbst wegscheuchte? Oder die vom Cadmus ausgesäeten Drachenzähne? Wer hat die Lügen jenes über das Meer hinsegelnden Meyneidigen nicht betrauert, und der von ihm am öden Ufer verlassenen Tochter des Minos im Liede nicht nachgeklagt? Was die Sage von alten Verbrechen je herum getragen, das ist besungen.

Mit

---

15 Secretos omnes ageret cum gratia ruris.
 Non cessit cuiquam melius sua tempora nosse!
 Vltima quis tacuit iuvenum certamina Colchos?
 Quis non Argolico defleuit Pergamon igni
 Impositum, et tristi natorum funere matrem,
20 Auersumue diem, sparsumue in semina dentem?
 Quis non periurae doluit mendacia puppis,
 Desertam vacuo Minoida litore questus?
 Quicquid in antiquum iactata est fabula crimen.

Mit edleren Muthe wagt sich mein Geist an einen von Dichtern ganz unbearbeiteten Gegenstand. ²⁵ Ich besinge die Ursachen dieser grossen Naturerscheinung, was den Brand in Bewegung setzt, ewig daurende Flammen im zusammengepreßten Erdboden anschüret, aus grundlosen Tiefen mit einem betäubenden Geprassel Berge hervorspeit, und in hinströmenden Feuergüssen alles, was in der Nähe ist, in Asche verwandelt. Hievon ist meine Muse begeistert!

Niemand lasse sich von den unwahren Erdichtungen der Poeten einnehmen, ³⁰ als wenn hier die Wohnung eines Gottes wäre, als wenn das Feuer des Vulkanus aus dem schwellenden Rachen des Berges stürzte, und in ver-

schloß-

Fortius ignotas molimur pectore curas,
25 Qui tanto motus operi, quae causa perennes
Explicet in denso flammas, eructet ab imo
Ingenti sonitu moles, et proxima quaeque
Ignibus irriguis vrat. Mens carminis haec est.
Principio, ne quem capiat fallacia vatum,
30 Sedes esse dei, tumidis que e faucibus ignem
Vulcani ruere & clausis resonare cauernis
Festinantis opus; non est tam sordida divis
Cura

schlossenen Hölen die arbeitsame Eilfertigkeit sei̅-
ner Hämmer noch itzt zurücktönte. Götter be-
schäftigt eine so schlechte Sorge nicht! Nie muß
sich der Sterbliche berechtigt halten, himmlische
Wesen zu einer gemeinen Handarbeit zu ernie-
drigen. Sie herrschen, weit über uns erhaben,
in der lichten Ferne ihres Himmels, 35 ohne sich
jemals mit der Arbeit unserer Künstler zu be-
schäftigen.

Von diesen Dichtern geht eine zweyte Clas-
se der Dichter wieder ab. Sie geben uns die
Nachricht: vor alten Zeiten hätten sich die Cy-
klopen des Aetna zu ihrer Schmiederße bedient,
da sie auf ihrem Amboß, unter der Kraft ihrer
centnerschweren Hämmer mit tausend Schlägen
den furchtbaren Blitz schmiedeten, 40 und den
Jupi-

Cura, neque extremas ius est demittere in artes
  Sidera; seducto regnant sublimia coelo
35 Illa, nec artificum curant tractare laborem.
    Discrepat a prima facies haec altera vatum.
  Illis Cyclopas memorant fornacibus vsos,
  Cum super incudem, numerosa in verbera fortes,
    Horrendum magno quaterent sub pondere
fulmen,
40 Ar-

Jupiter bewaffneten. Ein Lied ohne Wahrheit ist seinem Dichter eine Schande! Eine dritte zur Verunehrung der Götter ausgesonnene Dichterfabel reizt, um das ewig-fortbrennende Feuer auf der Spitze des Aetna zu erklären, die Himmelsstürmer in den phlegräischen Gefilden gegen die Götter auf. Sie versuchten (verruchtes Unternehmen!) die Götter vormals aus ihrem Himmel herab zu stoßen, dem Jupiter Ketten anzulegen, [45] sein Reich an sich zu reissen, und den besiegten Himmel unter das Joch ihrer Gesetze zu beugen. Bis an den Unterleib waren sie Giganten; statt der Füsse, schlungen sich in schlüpfrigen Knoten schuppichte Schlangen durcheinander. Von grossen Bergen wird zum Treffen eine Schanze aufgewor-

---

40 Armarentque Iouem; turpe est sine pignore
  carmen!
  Proxima vivaces Aetnei verticis ignes
  Impia follicitat Phlegraeis fabula campis.
  Tentauere (nefas!) olim detrudere mundo
  Sidera, captiuique Iovis transferre gigantes
45 Imperium, & victo leges imponere coelo.
  His natura sua est alvo tenus, ima per orbes
  Squameus intortos sinuat vestigia serpens.
  Construitur magnis ad praelia montibus agger,
  Pelion

geworfen; sie thürmen den Pelion über den Ossa, und über den Ossa, den himmelhohen Olymp auf. ⁵⁰ Schon klimmen sie die aufgethürmten Höhen mühsam hinan; schon fodert der Götter trotzende Krieger, voll Rachsucht, die, als er sich nähert, zagenden Götter, zur Schlacht auf. Das ganze Götterheer fodert er zur Schlacht auf. Schon sind die Sturmleitern gegen den Himmel gerichtet, und ängstlich befürchtet Jupiter die Eroberung seiner Burg; aber seine mit dem rothen Strahle ⁵⁵ gerüstete Rechte zerreißt die zwischen Himmel und Erde bevestigte Finsterniß. Den ersten Anlauf machen dort die Giganten mit einem wüsten Geschrey; hier schreckt der Vater der Götter mit seinen furchtbarsten Donner, sein Getöse verdoppeln von allen Seiten die sonst gegen einander kämpfende Brüder

---

Pelion Ossa terit, summus premit Ossan Olimpus.
50 Iam coaceruatas nituntur scandere moles,
  Impius et miles metuentia cominus astra
  Provocat infestus, cunctos ad praelia diuos
  Provocat, admotis*
  Iuppiter e coelo metuit, dextramque corusca
55 Armatus flamma remouet caligine mundum.
  Incursant vasto primum clamore gigantes,
    Hic magno tonat ore pater; geminant que fauentes
        Vndi-

Brüder, die itzt zum Beystande des Zevs vereinigten Winde, mit dem Heere ihrer Gefärten. Blitze durchkreuzen die erstaunten Wolken, dicht an einander gepreßt, Schlag auf Schlag. ⁶⁰ Auch die übrigen Götter werfen sich mit vereinter Macht eiligst in die Waffen. Mars wütet im Streite, und, ihm zur Seite, der übrigen Götter kriegerisches Heer. Schrecknisse stehn auf beyden Seiten. Jupiter bricht noch einmal, voll verwüstender Gewalt, mit vielen Donnern zugleich aus, stürzt die Gebürge nieder, und siegt. Die Geschlagenen flohen, das gegen den Olymp erbitterte Kriegsheer, ⁶⁵ die rebellischen Götterverächter, stürzten, mit ihren Lägern vermischt, von der Höhe schnell herab, und mit ihnen, ihre Mutter, die ihre gestürzten Söhne, die in ihren

---

Vndique discordes comitum simul agmine venti.
Densa per attonitas rumpuntur fulmina nubes.
60 Quin & in arma ruit quaecunque potentia diuum,
Iam Mars saeuus erat, iam caetera turba deorum.
Stant vtrimque Metus; validos tum Iuppiter ignes
Increpat, & victor proturbat fulmine montes.
Illinc devictae verterunt terga ruinae,
65 Infestae diuis acies, atque impius hostis
Praeceps cum castris agitur, mater que, iacentes
Impel-

Der Aetna.

ihren Abgründen zerquetscht lagen, nun vergeblich wieder aufreizt. So ward der Welt der Friede wiedergeschenckt! Da kam der Vater des Weins durch die hohen Gestirne des Himmels, und seinen Bewohnern wird die Ehre eines ewigen Triumphliedes, wegen der vertheidigten Welt, entgegengebracht. 70 Den im Meere Siciliens versunkenen, mit dem Tode ringenden Enceladus vergräbt Jupiter unter dem Aetna. Der Gigant tobt unter der Last des ungeheuern Berges, und aus seinem weitgeöffneten Rachen schnaubt er Feuer.

Dieß ist die von lügenhaften Zungen des Gerüchts mit zügelloser Unverschämtheit verbreitete Sage! Der Dichter zeigt Witz, und der Witz beseelt den Ruhm seines Gedichtes. 75

Was

Impellens victos. Tum pax est reddita mundo,
Tum Liber celsa venit per sidera coeli,
Defensique decus mundi nunc redditur astris.
70 Gurgite Trinacrio morientem Iuppiter Aetna
Obruit Enceladum, vasti qui pondere montis
Aestuat & patulis exspirat faucibus ignes.
Haec est mendosae vulgata licentia famae,
Vatibus ingenium est, hinc audit nobile carmen.

Was er dichtet, ist gröstentheils ein blendender Pomp der Schaubühne. Dichter sehen in ihrem Liede schwarze Schatten der Abgeschiedenen unter der Erde, und in der Asche des Scheiterhauffens ein blasses Todtenreich des Pluto; Dichter träumten vom Styx von Feuerströmen und dreyköpfigten Hunden; sie haben den scheuslichen Tityus sieben Feldwege lang hingestreckt; 80 Dich, armer Tantalus, quälen sie mit der harten Strafe eines deinen trockenen Mund vorbeyeilenden Wassers, mit einem niezustillendem Durste; dich, Minos, und deinen Bruder Aeakus lassen ihre Gedichte im Schattenreiche Gericht halten; sie geben dem Rade des Irion den ewigen Schwung; Alles Unwahre, dessen sich die Erde nur bewust ist, haben Dichter in ihren Mittelpunkt hineingedichtet. Die Erde ist
ihnen

75 Plurima par scenae rerum est fallacia, vates
   Sub terris nigros viderunt carmine Manes,
   Atque inter cineres Ditis pallentia regna.
   Mentiti vates stygias vndas que, canes que.
      Hi Tityon septem strauere in iugera foedum,
80 Sollicitant magna te circum, Tantale, poena,
   Sollicitantque siti. Minos, tua que, Aeace, in
                                        vmbris
   Iura canunt, idemque rotant Ixionis orbem,
   Quicquid et interius falsi sibi conscia terra est.
                                           Non

ihnen nicht genug. Sie spähen selbst der Götter Rathschlüsse aus, 85 und dringen mit ihren Blicken ungescheut in einen Himmel ein, der unserer Wißbegierde nicht unterworfen ist. Von den Kriegen der Götter haben sie Nachrichten, sie wissen um ihre Vermählungen, die sie doch vor uns andern verborgen halten: wie oft Jupiter unter einer zum Betruge angenommenen Gestalt ausschweift, wie er, als Stier, die Europa; die Leda, als ein weisser Schwan, und, in einem goldenen Regen zerflossen, die Danae getäuscht hat. 90 Diese Freyheit mag den Gedichten anderer Poeten verstattet seyn: Mein Lied sey bloß der Wahrheit geweiht. Ich will die Ursachen der Bewegung besingen, die den glühenden Aetna tobend macht, und woher

sei-

Non est terra satis, speculantur numina diuum,
85 Nec metuunt oculos alieno admittere coelo:
Norunt bella deum, norunt abscondita nobis
Coniugia; & falsa quoties sub imagine peccet,
Taurus in Europen, in Ledam candidus ales,
Iuppiter, vt Danaae pretiosus fluxerit imber.
90 Debita carminibus libertas ista, sed omnis
In vero mihi cura; canam, quo feruida motu
Aestuet Aetna, nouosque rapax sibi congerat
ignes.

Qua-

seine Raubbegierde sich stets neuen Vorrath zum Brande zuführet.

So weit sich der unermeßliche Erdboden erstreckt und an den krummen Küsten von den Gewässern des äusersten Meeres, bald wächst, bald abgespület wird, ⁹⁵ findet sich nirgend ein vollkommnes Dichtes; denn überall ist er in Oeffnungen zerspalten, überall ist sein Grund ausgehölt, und, bis in seine innersten Tiefen in Ritzen durchschnitten, hat er Schwibbögen, die in kleinen Wegen hier und dort fortlaufen. Wie den ganzen Cörper des Menschen Adern durchkreutzen, in welchen zur Erhaltung des Lebens alles Blut herumgetrieben wird, ¹⁰⁰ so treibt auch der Erdball in seinen Oeffnungen,
wie

Quacunque immensus terrae se porrigit orbis,
Extremique maris curuis agitatur ab vndis,
95 Non totum est solidum, defit namque omnis hiatu;
Secta est omnis humus, penitus que cavata latebris,
Exiles suspensa vias agit, vt que animantis
Per tota errantes percurrunt corpora venae,
Ad vitam sanguis omnis qua commeat, ísdem
100 Terra foraminibus conceptas digerit auras.

Sci-

wie in Adern, die eingezogene Luft auseinander. Es sey nun, daß gleich bey dem Anfange der Dinge, (als das Weltgebäude in Meer, Erde und Himmel abgetheilt, und dem Himmel der erhabenste Rang, der mittlere dem Meere, und der schwerherabsinkenden Erde der tiefste zu Theile ward,) dieser Cörper schon durch und durch von holen Ritzen durchschnitten gewesen, daß er, [105] geformt war, und sich etwan, noch von kleinen Oeffnungen durchspalten, noch nicht völlig dicht, selbst zusammen gefügt; wie sich ein Haufen unordentlich durcheinander geworfener Steine von selbst so aufthürmt, daß oft von ohngefehr durch den unausgefüllten Platz kleine Schwibbögen entstehen, oder es sey auch daß diese Bildung der Erdkugel erst

nach

Scilicet, aut olim, diuiso corpore mundi,
In maria ac terras et sidera, fors data coelo
Prima, sequuta maris, defeditque vltima
    tellus;
— Sed totis rimosa cauis, & qualis aceruus
105 Exsilit, imparibus iactis ex tempore saxis;
Vt crebro introrsus spatio vacuata corymbis
. Pendeat in sese : simili quoque terra figura
In tenues laxata vias, non omnis in arctum,
Nec stipata coiit: siue illi causa vetusta est,

110

nach der Zeit durch irgend eine in dem entferntesten Alter der Welt verborgene Ursache veranlaßt, [110] und nicht schon bey ihrem ersten Entstehen vorhanden gewesen ist, (vielleicht machte sich eine zum freyen Himmel hervordrängende Luft hier und dort Oeffnungen; vielleicht rieb ein unterirdisches Wasser, wie eine Schmiedefeile das Eisen, den Sand, durch ein immerwährendes Anspülen, nach und nach weg, und machte unvermerkt, was ihm im Wege stand, locker; Vielleicht hat die feste Materie ein eingeschlossener Dampf durchfressen, und dem Feuer den Weg gebahnt; vielleicht hat auch alles dieses, eins an diesem, das andere an einen andern [115] Orte, gegen das Feste der Erde gekämpft): so habe ich hier nicht die Ursache zu erklären, genug, die Würkung der Ursache ist offenbar. Denn wer wird nicht glauben, daß

es

---

110 Nec nata eſt facies; ſeu liber ſpiritus intra
Effugiens molitur iter; ſeu limpha perenni
Edit humum lima, furtim que obſtantia mollit,
Aut etiam incluſi ſolidum exedere vapores,
Atque igni quaeſita via eſt; ſiue omnia certis
115 Pugnauere locis, non eſt hic cauſa docenda,
Dum ſtet opus cauſae. Quis enim non credat, inanes
Eſſe ſinus, penitus tantos erumpere fontes
Non

es im Innern der Erde unausgefüllte Hölen
giebt, wenn er so grosse Quellen hervorbrausen
und dort einen schnellen Bach sich aus dem tiefsten
Schlunde zur Oberfläche empor heben sieht?
Nicht etwa einen solchen, der sich erst nach und
nach aus dürftigen und beynahe wasserleeren
Quellen [120] endlich zum Bache sammlen, oder
sein Wasser aus kleinern Wässern von allen Seiten zusammen stehlen müste, sondern der schon
aus einem vollen Strome den unerschöpflichen
Wasservorrath aufzieht, den er ausquillt. Wie-
derum sieht man, daß starke Flüsse, die in weit-
getrenneten Ufern lange fortgeflossen waren, sich
in den Schoos der Erde wieder versenken;
theils begräbt sie auf ewig ein Morast, der sie
in seine Tiefen hinein saugt; [125] theils laufen
sie,

❦

 Cum videt, ac torrentem imo se emergere
      hiatu?
 Non ille ex tenui, vacuoque agat aucta ne-
      cesse est
120 Confluuia, & raptis arcessat ea vndique ab
      vndis,
 Sed trahat ex pleno, quo fontem contrahat,
      amne.
 Flumina quin etiam latis currentia riuis
 Occasus habuere suos; aut illa vorago
 Derepta in praeceps fatali condidit ore;

125

sie, von der Finsterniß unterirdischer Hölen bedeckt, eine zeitlang fort; unverhoft aber zeigen sie sich der Oberwelt in einer grossen Entfernung wieder und fliessen vor unsern Augen dahin. Liegen nun in der Erde schon verschiedene Canäle zur Beherbergung der Flüsse geöffnet, so werden wir warlich nicht behaupten, daß zum Laufe der Quellen keine unterirdische Bahn, daß für den Umfluß unterirdischer Bäche nirgend ein Weg ist, ¹³⁰ und daß der Erdball, in einen dichten Klumpen zusammengepreßt, unter seiner eigenen Last in fauler Ruhe schläft. Verbergen sich ferner, in einem gähen Sturze, Ströme in die Erde, brechen sie hernach aus der Tiefe wieder hervor, und erheben sich die Flüsse,

125 Aut occulta fluunt tectis adoperta cauernis,
  Atque inopinatos referunt procul edita cursus.
  Quodsi diuersas emittat terra canales,
  Hospitium fluuiorum; haud semita nulla profecto
  Fontibus, & riuis constat via, pigraque tellus
130 Conferta in solidum segnis sub pondere cessat.
  Quodsi praecipiti conduntur flumina terra,
  Condita si redeunt; si qua ante incognita surgunt;
            Haud

se, die nie gesehen waren, zur Oberfläche, so ist es ja kein Wunder, wenn auch diese Hölen zum freyen Durchbruche der eingesperrten Winde offen stehen. Unwiderlegliche Beweise, [135] die uns so gleich in die Augen fallen müssen, zeigt uns der Erdkörper schon in seiner Anlage. Unermeßliche Erdschlünde, versunkene und unter einer dicken Finsterniß begrabene Gebürge können wir täglich aus der Ferne sehen. Ein wahres Chaos! Grenzenlose Ruinen! Wir entdecken auch in den Wäldern geräumige Lagerstellen der Thiere die sich in eine lange Vertiefung zurückziehen, [140] und von ihren Tatzen aufgekratzte Hölen, die in Abgründe steil hinab laufen. Noch nie sind die Wege dieser Hölen durchsucht. So tief versenken sie sich! Indeß ge-

---

Haud mirum, claufis etiam fi libera ventis
Spiramenta patent. Certis tibi pignora rebus
135 Atque oculis haefura tuis dabit ordine tellus.
- Immenfos plerumque finus & iugera peffum
Intercepta licet, denfaeque abfcondita nocti
Profpectare procul; chaos ac fine fine ruinae.
Cernis & in filuis fpatiofa cubilia retro,
140 Antraque demiffis pedibus effoffa latebris,
Incomperta via eft operum; tantum influit
intra!
Argu-

geben sie uns von dem uns nicht bekannten Innern der Erde eine wahre Vorstellung. Laßt uns nur, durch einen fleißig nachforschenden Verstand geleitet, die Wahrheit suchen, und aus dem, was uns vor Augen liegt, das Verborgene folgern. [145] Je mehr das Feuer die Freyheit sucht, je muthiger es wird, wenn es allezeit eingesperrt ist und nicht durchbrechen kann, indem es unter dieser ausgehölten Erde wütend, alles von Grund aus bewegt: um desto mehr Bande muß es mit seiner zunehmenden Gewalt zerreissen, und was ihm entgegen steht, um desto heftiger zurückstossen. Allein gegen feste Felshölen würkt die Macht [150] der eingeschlossenen Luft nicht; das Feuer drängt die Luft vielmehr

⁂

Argumenta dabunt ignoti vera profundi.
Tu modo subtiles, animo duce, percipe curas,
Occultamque fidem manifestis adhibe rebus.
145 Nam quo liberior, quoque est animosior ignis,
Semper & inclusus, nec vectus, saeuior illa
Sub terra, penitusque mouens; hoc plura necesse est
Vincla magis soluat, magis hoc obstantia pellat.
Nec tamen in rigidas exit contenta canales
150 Vis animae, flamma auertit, qua proxima cedunt,

Ob-

mehr dahin, wo ihm, was in der Nähe ist, ausweicht, wo es sich seitwärts Oeffnungen macht, wo es die lockersten Erdstriche findet. Daher entstehen Erderschütterungen und Erdbeben an solchen Orten, wo eine gepreßte Luft die Erdadern aufreißt, und sich gegen das andrängt, was ihr nicht ausweichen will. Wäre nun die Erde durch und durch dicht, und ruhte die obere Luft auf einer undurchhölten Feste, [155] so würde uns dieser Cörper nimmermehr so bewundernswürdige Schauspiele an sich zu betrachten geben, er würde in einer trägen Unbeweglichkeit ruhen, er würde ein unbelebter Klumpen, nichts als Last seyn.

Wollte man etwa diesen grossen Tumult der Erde solchen Hölen beylegen, die nicht tief unter

※※※

 Obliquum que secat, qua visa tenerrima caula est.
 Hinc terrae tremor, hinc motus; vbi densus hiatu
Spiritus exagitat venas, cessantia que vrget.
 Quod si spissa foret, solido que instaret inane,
155 Nulla daret miranda sui spectacula tellus
 Pigra que & in pondus conferta immobilis esset.
 Sed summis si forte putas concredere caulis
  Tan-

ter ihrer Oberfläche liegen; wollte man die Nahrung seiner starken Würkungen blos von des Berges oberstem Rachen erwarten, dessen aufgesperrte und mächtig tobende Hölen man vor Augen sieht, 160 so würde man irren, und die Wahrheit noch nicht aus ihrem rechten Gesichtspunkte bemerken. Denn überall, wo eine Höle sich in einem weiten Schlunde öffnet, bleibt der Boden unerschüttert in seiner Ruhe. Hier brechen sich die gegen ihn sich empörende Kräfte; in der aufgesperrten Oeffnung kehren sie ermattend zurück, und ihr Toben läßt nach. Denn wo das nicht mehr 165 vorhanden ist, was die, in dem innern Raume wohnende Winde versperrte, da werden sie ruhiger; ein so weiter

※

 Tantum opus, & summis alimentum viribus
          oris,
 Quae valida in promtu cernis, validos que
         recessus;
160 Fallere, nec dum sunt tibi certa haec lumine
          recta.
 Nam que illud, quacumque vacat specus omnis
          hiatu,
 Est reses introitu, soluunt se, aditu que patenti
 Conuersae languent vires, animos que re-
         mittunt.
 Quippe vbi, contineant ventos quaecunque,
         morantes
165 In vacuo, desunt; cessant, tantumque profundi
          Ex-

ter Umfang giebt ihnen die Freyheit sich auszubreiten, wenn sie die Hölen durchstreichen; und vorn in dem Rachen des Berges verliert sich ihr Ungestüm völlig. Enge Schlünde müssen es demnach seyn, worinn ihr Toben die Erde bebend macht. Mit erhitztem Fleisse arbeiten sie hier; dichtaneinandergepreßt zürnen sie donnernd gegen einander; Ruinen, die einstürzen oder ausweichen wollen, werden an der einen Seite unvermerkt vom Nord und Süd, (die sich nun zu einem Winde vereinigt haben) losgedrängt, 170 und indem, auf der andern Seite, die Wuth des Windes mit heftigen Stössen in den feurigen Abgründen arbeitet, zittern die Grundsäulen des Erdbodens unter zusammenfallenden Städten. Nichts draut der Welt, in einer wahrerern Vorbedeutung, ihre bevorstehende alte chaotische Gestalt, als diese schreckliche Natur-

---

Explicat errantes, & in ipso limite tardant.
Angustis opus est turbare in faucibus illos.
Feruet opus, densique fremunt, premiturque
         ruina
 Hinc furtim Borea atque Noto (nunc vnus
         vterque)
170 Hinc venti rabies dum saeuo quassat hiatu,
Fundamenta soli trepidant, vrbes que caducae.
Inde, neque est aliud, si fas est credere, mundo
         Ven-

turerſcheinung, wenn wir anders der Sage von ihrem Untergange überhaupt Glauben zuſtellen dürfen.

Da dieſes nun die Natur und die innere Beſchaffenheit der Erde iſt, ſo zieht ſie auch von allen Seiten, wo im Innern leere Räume ſind, von der obern Luft, Winde in ſich hinein. 175 Der Aetna zeugt mit offenbarer und faſt überzeugender Glaubwürdigkeit von ſich ſelbſt. Betrachte ihn mit mir, ſo brauchſt du hier keinen verborgenen Urſachen nachzuſpähen. Sie werden dir in die Augen fallen, und dir das Geſtändniß der Wahrheit abzwingen; denn die meiſten Wunder des Berges zeigen ſich dem Blicken des Bemerkers offenbar. 180 Siehe, hier ſchrecken dich ungeheure Schlünde und verſenken deine

Venturam antiquam faciem, veracius omen.
Haec primo cum fit species, naturaque terrae
175 Introrfus ceſſante ſolo, trahit vndique ventos.
Aetna sui manifesta fides, & proxima vero est.
Non illic, duce me, occultas scrutabere causas,
Occurrent oculis ipsae, cogent que fateri;
Plurima namque patent illi miracula monti.
180 Hinc vasti terrent aditus, mergunt que profundo;

Cor-

ne schwindelnde Blicke in den Abgrund; dort zeigen sich dir kleinere Oeffnungen, sie verengen sich immer mehr, je tiefer sie sich unterwärts ziehen; feste Felsen stellen sich dir dort entgegen, und um dieselben tobt, unter dem Tumulte des Berges, die Zwietracht grosser Feuerströme, die Felsen pressen sie in mancherley Krümmungen zusammen und umschränken sie, theils von den Flammen noch unbesiegt, theils schon durchglüht, und gezwungen selbst den Brand mit zu unterhalten, 185 damit der prächtiger glänzende Aetna den noch unentzündeten Oertern durch sie Flammen zubringe. Dieß ist die Wohnstätte des Feuers, der Vorhof so grosser Dinge. Nun wird der Fleiß des Naturforschers durch diesen Anblick entflammt; er fragt nach dem Grund, aber ihn zu finden, das ist kein geringes Unternehmen, und mit nicht geringer Gefahr verknüpft.

Corrigit hinc artus, penitus que quod exigit
          vltra;
Hinc spissae rupes obstant, discordiaque ingens
Inter opus; nectunt varias medias que coërcent,
Pars igni indomitae, pars ignes ferre coactae;
185 Vt maior species Aetnae succurrat inanis.
Haec illis sedes, tantarum que area rerum est.
Nunc opus artificem incendit, causam que
          reposcit.
Non illam parui, aut tenuis discriminis; ignes

Mil-

knüpft. Tausend Dinge würden dir in kurzer Zeit die Wahrheit vor Augen legen; 190 dein dich sicher leitendes Auge würde dich der ungezweifelten Gewißheit entgegen führen; es würde dich so gar anreitzen, mit der Empfindung deines ganzen Gefühls alles zu betasten, wenn es dir nur erlaubt wäre. Allein die Flammen lassen dich nicht zu. Die Werkstatt der Natur ist von ihrem Thorhüter, dem Feuer, bewacht; sie sperrt den Neugierigen aus, und 195 versagt ihm den Zutritt zu ihrer göttlichen Arbeit. Du siehst alles das nur von ferne. Der Beweger des Aetna, oder der bewundernswürdige Künstler, unter dessen Aufsicht ein so großes Werk fortgehet, ist indeß unserer Kentniß nicht verborg

Mille sub exiguo ponent tibi tempore veras
190 Res, oculi que duces certo rem credere cogent,
Quin etiam tactu moneant contingere toto,
Si liceat; prohibent flammae, custodia que igni
Illi operum est; arcent aditu, diuina que rerum
195 Cura sine arbitrio est; eadem procul omnia
          cernis.
Nec tamen est dubium penitus quis torqueat
         Aetnam,
Aut quis mirandus tantae faber imperet arti,

Pel-

borgen. Aus dem Becher des Berges wird ein dichter Regen verbrannten Sandes klumpenweis herausgestoßen. Brennende Lasten eilen zur Oberwelt; die Grundsäulen der Erde rollen sich, von ihrer Tiefe losgerissen, 200 hinaufwerts; bald kracht ein lauter Donner aus dem ganzen Aetna, bald erblassen die Flammen, mit dunkeln Erdrüinen vermischt. Jupiter selbst erstaunt von Ferne über die Größe des Feuers, und damit sich die begrabenen Giganten nicht zum neuen Sturm gegen die Götter erheben, oder der Beherrscher der Schatten sich seines niedrigen Gebieths schäme, und den Tartarus 205 über den Himmel empor zwinge, so unterdrückt er, aber ganz im verborgenen, alles mit seiner starken Rechte. Die ganze zusammengeflossene Masse von Steinen und zerreibbaren Sande wird,

Pellitur exustae glomeratus nimbus arenae,
Flagrantes properant moles, voluuntur ab imo
200 Fundamenta, fragor tota nunc rumpitur Aetna;
Nunc fusca pallent incendia mista ruina.
Ipse procul magnos miratur Iuppiter ignes,
Neue sepulta noui surgant in bella gigantes,
Neu Ditem regni pudeat, neu Tartara coelo
205 Vertat, in occulto tantum premit omnia dextra.
Congeries operis saxorum, & putris arenae
(Quae

wird, gegen ihre Natur, (denn sie fällt, von einem starken Körper nicht unterstützt, allezeit niederwerts) von der Spitze des Berges ausgestoßen; im tobenden Wirbel reißt sie alle Adern desselben auf, und umwälzt und schleudert, was im Abgrunde zusammengepreßt lag, mit sich herum. [210] Der mit Angst erwartete Brand des Berges stürzt sich demnach aus einer doppelten Ursache hervor. Der Wind setzt das aufgeschürte Feuer in den angeschwollenen Adern der Erde in eine tobende Bewegung, und die freie Luft erhält es. Zwar ist die Heftigkeit des Feuers, seiner Natur nach, fast allemal gleich, es würkt schnell, und lebt in einer ewigen Bewegung, [215] allein soll es schwere Körper fortstoßen, so muß ihm eine fremde Kraft zu Hül-

❦

(Quae nec sponte sua faciunt, nec corporis vllis
  Sustentata cadunt robustis viribus) omnis
  Exigitur, vertit vasa omnia vortice saeuo,
210 In densum congesta rotat, voluit que profundo.
  Hac causa, expectata ruunt incendia montis;
  Spiritus inflatis momen, languentibus aër.
  Nam prope naturâ par est violentia semper,
  Ingenium velox igni, motus que perennis:
215 Verum opus auxilio est, vt pellat corpora.
              nullus
                                Im-

Der Aetna.

Hülfe kommen. In sich selbst hat es nichts von dieser Kraft. Es gehorcht dem Winke des Windes, wohin er es befiehlt. Der erste und größte Fürst der Natur kämpft unter diesem geringern Heerführer.

Nachdem mein Gesang die Natur des feuerspeienden Berges, des Erdbodens unter ihm, und zugleich des Windes, der den Brand unterhält, hinlänglich erkläret hat: [220] so will ich itzt den Ursachen nachspüren, die, wenn er plötzlich zu toben aufhört, seine Stille veranlassen. Die Arbeit ist unermeßlich, aber auch fruchtbar; hier wird der Fleiß des angestrengten Verstandes nach seiner Würde belohnt. Nicht mit dem Auge allein, wie Thiere, die Wunder der Natur anstarren; nicht mit zur Erde niedergebeug-

---

Impetus est ipsi; qua spiritus imperat, audit,
Ac princeps magnus que sub hoc duce, militat ignis.
Nunc, quoniam in promtu est operis natura, solique,
Vna ipsi & venti, quae res incendia pascit;
220 Cum subito cohibetur, inest quae causa silenti,
Subsequar. Immensus labor est, sed fertilis idem;
Digna laborantis respondent praemia curis.
Non oculis solum pecudum miranda videre

gebeugten Begierden den schweren Körper mä-
sten; ²²⁵ sondern den Grund der Dinge kennen, und in Zweifel eingehüllte Ursachen aus-
spähen; unaufgehalten in Tiefen heiliger Geheim-
nisse eindringen, und das Haupt zum Himmel
erheben; wissen, wie viel Urstoffe die Natur
verbinden, und welche sie sind; warum sie uns
den Untergang des großen Weltkörpers befürchten heißen, oder ob sich vielleicht die lebenden Erd-
bewohner unaufhörlich fortpflanzen werden, und
der feste Weltbau, unzerstörbar, mit einem
ewigen Bande zusammengehalten wird; ²³⁰ Die
Laufbahn der Sonne kennen, und wie viel klei-
ner der Kreislauf des Mondes ist, einsehen;
wissen, warum dieser, auf einer kürzern Reise
fortfliegend, zwölfmal den Kreis durchlauft, auf
des-

More; nec effusis in humum, graue pascere
corpus;
225 Nosse fidem rebus, dubiasque exposcere causas,
Sacra perurgentem, caput atque attollere
coelo;
Scire quot et quae sint, cur magno talia mundo
Principia occasus metuunt, an saecula pergent,
Et firma aeterno religata est machina vinclo;
230 Solis scire modum & quanto minor orbita Lu-
nae est,
Haec breuior cur bissenos cita peruolet axes,

An-

Der Aetna.

beſten Bahn jene ſich ein ganzes Jahr verweilt;
welche Sterne, in einem unveränderten Stande
gegen einander, dem Morgen zueilen, und welche, ganz regellos, nie ihre eigene Laufbahn
wieder bezeichnen. Auch die Abwechſelungen
der Himmelszeichen und die ihnen zuerkannten
Kräfte und Einflüſſe kennen; ²³⁵ Warum ein
blaſſer Mond am Himmel, der Erde Regengüſ-
ſe ankündigt, von welchem Feuer die Wangen
der Phöbe erröthen, wenn die Wangen ihres
Bruders blaß werden; Warum die Jahrzeiten
mit einander abwechſeln und der Frühling in der
Blüte ſeiner Jugend durch den Sommer getöd-
tet wird; warum der Sommer ſelbſt veraltet,
den Herbſt der Winter überſchleicht, und in
ſeinem Kreislaufe den Frühling wieder gebiert; ²⁴⁰ Die Weltaxe am Bären, und den traurigen Cometen kennen; wiſſen, an welcher Him-
mels-

    Annuus ille meet; quae certo ſidera currant
      Ordine, quaeue ſuo careant incondita curſu;
      Scire vices etiam ſignorum & tradita iura;
235 Nubila cur coelo terrae denunciet imbres,
      Quo rubeat Phoebe, quo frater palleat igne;
      Tempora cur variant anni, prima que iuuenta,
      Ver aeſtate perit, cur aeſtas ipſa feneſcit,
      Autumno que obrepit hiems & in orbe recurrit;
240 Axem ſcire Helices & triſtem noſſe Cometen,
                                 Luci-

melsgegend, der Abendstern und der Bärenkreiber schimmert, warum der Stern Saturns, geizig, und des Mars, streitsüchtig ist; unter welchem Gestirne der Schiffer seine Segel zusammen zieht, unter welchem er sie wieder auffspannt; die Bahn des Meeres bestimmen, und Wind und Witterung vorhersagen; 245 was der fliegende Orion würkt und der brennende Hundsstern dreut: Kurz, was auf dem ganzen Erdkreise von Wundern zerstreuet liegt, nicht in unbemerkter Unordnung, nicht unter dem Haufen gemeiner Dinge liegen lassen, sondern jedes an seinen klaren Kennzeichen unterschieden, in das Fach der ihm eigenen Wissenschaft hinordnen: dieß ist ein süßes, ein göttliches Vergnügen des Geistes!

Allein

Lucifer vnde micet, quaue Hesperus, vnde
            Bootes;
Saturni cur stella tenax, cur Martia pugnax;
Quo rapiant nautae, quo fidere lintea tendant,
Scire vias maris & coeli praedicere cursus;
245 Quo volet Orion, quo Sirius incubet index;
Et quaecunque iacent toto miracula mundo,
Non digesta pati, nec aceruo condita rerum,
Sed manifesta notis certa disponere sede
 Singula, diuina est animi ac iucunda voluptas.

250

Der Aetna.

250 Allein des Menschen erste Sorge ist, seinen Erdboden zu kennen, und was dessen Natur bewundernswürdiges hervorgebracht hat, zu bemerken. Die Erde ist näher mit uns verwandt, als der Himmel mit seinen Gestirnen. Denn in welcher Hoffnung wagt sich der Sterbliche an den Himmel hinan? Welche Raserey kann größer seyn, als in dem Reiche des Jupiter, wie ein Abentheurer, Entdeckungen aufzustöhren, dagegen 255 ein so großes Werk der Natur, den brennenden Aetna, vor seinen Füssen liegen zu lassen, und ihm in einer unaufmerksamen Trägheit kaum einen Blick zu gönnen? Wir elende martern und ängstigen uns in Kleinigkeiten, damit wir nur unsere Arbeiten mit etwas Golde belohnt

---

250 Sed prior haec hominis cura est, dignoscere terram,
Et quae huius miranda tulit natura, notare;
Haec nobis magis affinis coelestibus astris.

Nam quae mortales spes est, quae amentia maior,
In Iovis errantes regno perquirere? velle
255 Tantum opus ante pedes transire & perdere segnes?

Torquemur miseri in paruis, premimur que, labores
Vt se se pretio redimant, verum que professae

(Tur-

belohnt sehen; und die edlen Künste (schändlicher Vorwurf!) die uns Wahrheit lehren, verstummen, bleiben ungeschützt und verhungern! Tag und Nacht bestellt der eilende Fleiß des Landmanns das Feld, ²⁶⁰ seine Hände verhärten sich unter seinem Ackerwerke. Von Erfahrung geleitet, kennet er jede seiner Erdschollen. „Dieser Boden bringt mir schöneres Getraide, mit „reicherm Ueberflusse hervor; jener schickt sich „zum Weinbau; dieser kann am bequemsten „zur Anpflanzung der Pappelwälder, jener zu „Kohlfeldern genutzt werden; jener ist hart und „zu Viehweiden und Eichelmastungen zu gebrauchen; Oelbäume trägt ein dürreres Land, „und ein fetteres Ulmbäume." ²⁶⁵ So foltern niederträchtige Sorgen den Geist samt dem

Kör-

(Turpe!) silent artes, viles, inopesque relictae.
Noctes atque dies festinant arua coloni,
260 Callent rure manus, glebas que vsu experiuntur;
Fertilis haec, segeti que feracior, altera viti,
Haec platanis humus, haec herbis dignissima tellus,
Haec dura & melior pecori, siluisque fidelis,
Aridiora tenent oleae, succosior vlmis
265 Grata. Leues cruciant animos & corpora curae

Hor-

Körper! nur damit die Scheuren vollgepfropft, die Weinküfen angefüllt, und die Heuböden mit Bergen abgemäheten Grases belastet werden. Noch kostbarere Schätze für unsere Thorheit zu erbeuten, kriechen wir, ewig unersättlich, in die Ritzen der Erde und wühlen ihr ganzes Eingeweide um; ²⁷⁰ bald wird dem Saamen des Silbers, bald den Goldadern nachgegraben; den Erzstufen wird ihr Metall im Feuer abgefoltert, und dem Eisen muß ihre Härte nachgeben — Mit edlern Künsten sollte jeder Mensch seinen Geist bereichern; sie sind die Nahrung für vernünftige Seelen. Das größte, was unsern Fleiß belohnt, ist, zu wissen, was die Erde von Naturgeheimnissen in ihrem Schooße verschlos-

Horrea vti saturent, tumeant & dolia musto,
Plena que defecto surgant foenilia campo.
Sic auidi semper, qua visum est carius istis,
Scrutamur rimas & vertimus omne profundum,
270 Quaeritur argenti semen, nunc aurea vena,
Torquentur flamma terrae, ferroque domantur!
Implendus sibi quisque bonis est artibus; illae
Sunt animi fruges; haec rerum maxima merces,
Scire, quid occulto naturae terra coërcet,

schlossen hält; ²⁷⁵ keine von ihren großen Erscheinungen unbemerkt zu lassen; den heiligen Donner des Aetna, und das Toben seiner Feuergüsse nicht fühllos anzuschauen; nicht vor seinem plötzlichen Getöse zu erblassen, nicht zu glauben, daß in die Abgründe des Tartarus Dräuungen des Himmels hinabgewandert wären: statt dessen zu wissen, was den unterirrdischen Winden im Wege steht, was dem Feuer Nahrung giebt, ²⁸⁰ woher alles plötzlich wieder schweigt, und in einem stummen Bündnisse der Friede hergestellt ist; warum, während des Brandes, sein Grimm immerfort wächst, ob vielleicht nur die ersten Eingänge der Hölen stürmen, oder ob die Erde, von kleinen Oeffnungen durchspalten, die Luft der Oberwelt in ihre Adern hineinzieht.

Die-

---

275 Nullum fallere opus, non mutos cernere
         sacros
 Aetnaei montis fremitus, animumque furentis;
 Non subito pallere sono, nec credere subter
 Coelestes migrasse minas ad Tartara mundi;
 Nosse, quid impediat ventos, quid nutriat ignes,
280 Vnde repente quies & multo foedere pax sit;
 Cur crescant animi penitus, seu forte cauernae
 Introitus que ipsi feruent, seu terra minutis
 Rara foraminibus in venas abstrahit auras.

Pla-

Der Aetna.

Dieses zeigt sich sehr deutlich, wo der Berg sein felsichtes Haupt empor hebt. ²⁸⁵ Von der einen Seite stößt er Stürme aus, von der andern, greiffen ihn Stürme an; von allen Seiten eilen ihm ganz entgegengesetzte Winde zu. Die Eintracht giebt ihnen mehr Kräfte, wenn sie sich verschworen haben, es mag sie nun ein dicker Dunst oder der bewölkte Süd hineindrängen, oder die zusammengejagten Winde mögen ihnen wieder die Stirne bieten, und ihren flüchtigen Verfolgern nachsetzen. ²⁹⁰ Ein mit brausendem Getöse hinabstürzendes Wasser drängt sie fort, jagt die heiße Luft in die Flucht, und preßt die von ihm berührten Körper fest zusammen. Denn wie in jenem durch die Kunst verfertigten Meertrompeter, dem lange wiedertönenden Tri-

tton,

༺༻

  Planius hoc etiam; rigido qua vertice surgit,
285 Illinc infestus, atque hinc obnoxius, intus
  Vndique diuersas admittere cogitat auras.
  At coniuratis addit concordia vires,
  Siue introrsus agunt nubes & nubilus Auster;
  Seu forsan flexere caput, tergo que feruntur.
290 Praecipiti delata sono premit vnda, fugat que
  Torrentes auras, pulsataque corpora densat.
  Nam veluti, resonante diu Tritone canoro,

Pel-

ton, die zusammengedrückte Luft den ganzen Wasservorrath erst in Bewegung setzt, hernach, durch das Wasser bezwungen, selbst in Bewegung gesetzt wird, und in betäubenden Tönen aus seiner Muscheltrompete schallt; 295 oder wie das große Gewölbe des Theaters, tonreiche Melodien aus der Wasserorgel in unser Ohr zurück schallen läßt, sobald die Kunst des Tonmeisters, in der fortschlüpfenden Bewegung einer zarten Luft, unter dem Wasser wegrudert: so kämpft auch in engen Schlünden, die von Strömen fortgepreßte Luft, mit schreckender Wuth; und, ein dem entfernten Donner ähnliches Murmeln erschüttert den Aetna. 300

Es ist auch wahrscheinlich, daß es unter der Erde Ursachen von Winden giebt, die den Ursachen,

※※※

 Pellit opes collectus aquae, victus que mo-
         uetur
 Spiritus, & longas emugit buccina voces,
295 Carmine que irriguo magni cortina theatri
  Imparibus numerosa modis canit arte regentis,
  Quae tenuem impellens animam subremigat
         vndam :
 Haud aliter submota furens torrentibus aura
  Pugnat in angusto, & magnum commurmurat
        Aetna.
300 Credendum est etiam ventorum exsistere
        causas

Sub

ſachen, die man über der Erde ſieht, völlig ähnlich ſind. Eine derſelben kann der vereinte Brand verſchiedener dichtaneinander liegender Körper ſeyn, durch deſſen Kraft überwältigt, einige losgeſprengte Stücke in das Leere hinflieſzen, die ihnen naheliegende großen Felſenſtücke mit ſich fortreißen und an einem Orte liegen bleiben, wo ſie vor der Glut ſicher ſind. 305. Wollte man dieſer Meinung widerſprechen, und etwa glauben, dieſe Winde erhüben ſich, von ganz andern Urſachen gereizt; ſo leidet es doch nicht den mindeſten Zweifel, daß über der Erde einige Felſen und tiefe Erdhölen mit großem Krachen zuſammen ſtürzen, und daß durch ihren Einſturz die nächſte Luft auseinander ſtiebt, und in Bewegung geſetzt wird. Wir ſehen ſo
gar,

Sub terris ſimiles harum, quas cernimus extra;
Vt cum denſa cremant inter ſe corpora, turba
Eliſa in vacuum fugiant, & proxima ſecum
Momina tota trahant, tutaque in ſede reſiſtant.
305 Quodſi forte mihi quaedam diſcordia tecum eſt,
Principiisque aliis credas conſurgere ventos,
Non dubium, rupes aliquas, penitusquê ca-
uernas
Proruere ingenti ſonitu; caſuque propinquas
Diffugere, impelli que animas. Hinc cernere
ventos
310

gar, ³¹⁰ daß Nebel, die nicht sehr dicke und feucht sind, Winde ausgießen, wie es in Feldern und Aeckern, die ein ausgetretener Strom überschwemmt, zu geschehen pflegt. Hier verursachet eine dunstige Luft, die aus den Thälern sich aufzieht, eine Finsterniß; kleine Flüsse führen schon gelinde Lüfte mit sich, bald entsteht ein heftiger Wind, wenn ein starker Dunst aus der Ferne sie aufbläßt und fortschlägt. ³¹⁵ Ist nun diese Gewalt der Winde in freier Luft schon so strenge, so müssen sie im Bauche der Erde, und von allen Seiten eingeschlossen, um desto mehr würken. Dieser Ursachen wegen toben die, von außen und in den Abgründen zusammengejagten Winde, mit äußerster Heftigkeit, sie kämpfen in den Mündungen der Hölen, und der

enge

310 Haud humore etiam nebulas effundere largo,
    Vt campis, agris que solent, quos obruit amnis.
    Vallibus exoriens caligat nubilus aër,
    Flumina parua ferunt auras, vis proxima venti est;
    Eminus adspirat fortis & verberat humor.
315 Atque haec in vacuo si tanta potentia eorum est,
    Hoc plura efficiant intra, clausique, necesse est.
    His igitur causis extra, penitus que coacti
    Exagitant venti, pugnant que in faucibus, arcte

Pugnan-

enge Raum der Höle erstikt sie, indem sie kämpfen.
Wie ein Meer, ³²⁰ das tobende Südwinde
eingeschlukt hat, drey bis viermal von Grund
aus erschöpft, seine Wellen verdoppelt, und die
hinterste Welle die forderste unaufhörlich fort=
drängt; so wird auch, im Kampfe der unter=
irrdischen Winde, die zusammengepreßte Luft
beständig von neuen Stössen berührt. Und da
sie sich, von ihrer eigenen Stärke belastet, in
sich selbst verwickelt, schleudert sie die festen
Körper in den brennenden Adern der Erde her=
um, ³²⁵ fährt überall dahin, wo sie Oeffnun=
gen findet, eilt allem vor, was sie aufhalten
will, bis sie endlich, nachdem von der Gluth
hier Felsen getrennet, dort zusammengeschmol=
zen sind, mit dem Feuerstrome hervorspringt,
nnd

Pugnantes & suffocat intus. Vt vnda profundo
320 Ter que quater que exhausta, graues vbi per-
bibit Euros;

Ingeminant fluctus & primos vltimus vrget:
Haud secus adstrictus certamine tangitur ictu
Spiritus, inuoluens que suo sibi pondere vires
Densa per ardentes exercet corpora venas,
325 Et, quacumque iter est, properat, transit que
morantem,
Donec confluuio resolutis aestibus, amnis

Exfi-

und wütend den ganzen Aetna mit Feuer überspeyet. Solltest du etwa meinen, die Winde der obern Luft stürzten sich in die Oeffnungen des Berges hinab, und prellten in eben denselben Oeffnungen heftig zur Oberwelt zurück, so wird der Ort selbst bemerkenswürdige ³³⁰ Dinge deinen Augen darstellen, und dich zwingen, dieses wieder zu läugnen. Wenn gleich, unter einem blauen Himmel, die Luft kalt und trocken ist, und sich die goldene Fackel der Sonne aus dem reinsten Purpur der Morgenröthe mit lachender Heiterkeit empor hebt, so hängt dennoch dort allezeit eine in dicke Finsterniß eingehüllte Wolke, und trauert rings um den Berg, starr und ohne Bewegung, mit niederhängendem Gesichte und mit beschränktem Blicke. ³³⁵ Sie schaut den erha-

※

Exſilit, atque furens tota vomit igneus Aetna.
Quodſi forte putas iisdem decurrere ventos
    Faucibus, atque iisdem pulſos remeare, no-
                                   tandas
330 Res oculis locus ipſe dabit, coget que negare.
    Quamuis caeruleo ſiccus Ioue frigeat aether,
      Purpureo que rubens ſurgat iubar aureus
                                          oſtro,
    Illinc obſcura ſemper caligine nubes
      Pigra que defuſo circumſtupet humida vultu.

erhaben in sein Feuer und in seine ungeheuern Abgründe. Der Aetna selbst verjagt sie nicht, nie zerstreut er sie durch einen tobenden Sturm. Folgsam lenkt sie sich hingegen nach jeder Seite, wohin sie ein zartes Lüftgen gebent, und gleich nimmt sie ihre vorige Stelle wieder ein. Schaue dort auf dem höchsten Gipfel, oder da, wo der unbezwingbare Aetna nicht ohne Schauer unserer Blicke weit von einander gespalten ist, ein Volk, die Gottheiten des Himmels mit Weihrauch aussühnen, 340 so bald nur nichts mehr den Saamen so großer Dinge, das Feuer, anschürt, und der Abgrund verstummt ist. Wie kömmt es aber, wird man hier fragen, daß dieser glühende Wind, der mit solcher Heftigkeit aus-

335 Prospectat sublimis opus, vastos que recessus,
    Non illam fugat Aetna, nec vllo intercipit aestu;
    Obsequitur quacumque iubet leuis aura, reditque.
    Placantes que etiam coelestia numina thure
    Summo cerne iugo, vel qua liberrimus Aetna
340 Improspectus hiat; tantarum semina rerum
    Si nihil irritet flammas, stupeat que profundum,
    Hinc igitur quaeris torrens vi spiritus ille,
                      Qui

ausſtrömt, der Felſen und Erde verſchlingt, und Blitze gebiert, dennoch ſeine Kräfte dort geḥemmt, und die Zügel ſeines Grimmes eilends gewandt hat? ³⁴⁵ Warum hat er von dem ſtarken Felsgewölbe, unter welchem er hinbrauſt, nie Körper losgeriſſen, die ſich doch, durch ihre eigene Laſt gedrükt, ſchon von ſelbſt hinabwärts beugen? Betrüge ich mich nicht, ſo habe ich hievon einen wahrſcheinlichen Grund entdekt. Dieſer in den Ruinen ſo mächtiger Feuerſturz eilt den Blicken des aufmerkſamſten Auges vor. So flüchtig iſt er! Die heiße Luft berührt demnach dieſe Gewölbe nur ſo, ³⁵⁰ wie die von geweihtem Waſſer beſprengte Rechte des Prieſters die heilige Fackel unter uns herumſchwingt.

Dieſe

Qui rupes, terram que vorat, qui fulminat
                                            ignes,
Cur egit vires & praeceps flexit habenas;
345 Praeſertim ipſa ſuo decliuia pondera nunquam
Corpora deripiat, valido que abſoluerit arcu.
Quod, ni fallor, adeſt ſpecies: tantus que
                                            ruinis
Impetus attentos oculorum transfugit ictus.
Haec leuitas tanta eſt! Igitur ferit aura, mo-
                                            uet que,
350 Sparſa liquore manus ſacros vti ventilat ignes;

Ver-

Diese fährt über unser Gesicht hin, ihre Flamme berührt unsern Körper und dräut ihm die Würkung seiner Kraft; allein eine geringe Ursache, die Geschwindigkeit, treibt ihre Kraft zurük. Oft schlurft das Feuer nicht die Asche, nicht einen leichten Strohhalm, nicht trockenes Gras auf, weil vielleicht eine unmerklichgeringe Feuchtigkeit aus dem Grase noch ausdünstet. ³⁵⁵ Wohlgerüche steigen täglich im hohen Dampfe von unsern Altären auf. So ruhig ist ihr Feuer! so unschädlich ist ihre nie um sich greifende Flamme!

Die Winde mögen sich demnach von fremden, oder von andern ihnen eigenthümlichen Ursachen gereizt, zum Verderben verschwören, so würken sie doch den Ungestüm dieses Feuers. Durch sie bewaffnet, wühlt es, im schwarzen

San-

Verberat ora tamen pulsataque corpora nostra
Incursat; adeo tenuis vim causa repellit.
  Non cinerem, stipulam ve leuem, non arida
      sorbet
Gramina, nam tenuis plantis humor exit iisdem,
355 Surgit odoratis sublimis sumus ab aris;
  Tanta quies illi est, & fax innoxia rapti.
    Siue peregrinis igitur, propriis ve potentes
Coniurant animae causis; ille impetus ignis.

Et

Sande, Theile des Berges hervor, und ³⁶⁰ stößt zusammenprellende ungeheure Felsstücke unter zitterndem Krachen, und Feuerströme mit Blitzen vereint, aus. So schleicht sich der Brand, vermittelst des Sud oder Nordwindes, durch das Anreiben, in verwickelte Zweige der Bäume, wenn der Wald, von ihren brausenden Schwingen zur Erde gebeugt, entwurzelt darnieder liegt. ³⁶⁵ Die Lügen des dummen Pöbels müssen uns nicht betrügen, als wenn die Abgründe darum schwiegen, weil sie erschöpft wären; als wenn sie Zeit gewinnen müsten, sich wieder Kräfte zu sammlen, die sie in ein neues Treffen brächten, nachdem sie zuvor erliegen müs-

※

Et montis partes atrâ subuertit arenâ,
360 Vastaque concursu trepidantia saxa fragoris,
Ardentesque simul flammas & fulmina rumpit.
Haud aliter, quam cum prono iacuere sub Austro
Aut Aquilone fremunt siluae, dant brachia nodo
Implicitae, hac serpunt iunctis incendia ramis.
365 Nec te decipiant stolidi mendacia vulgi,
Exhaustos cessare sinus; dare tempora rursus
Vt reparent vires, repetantque in praelia victi.

Pel-

müſſen. Verbanne ſo unehrerbietige Gedanken
aus deinem Gemüthe und gieb den Lügen des
Gerüchts kein Gehör. Eine ſo ſchmähliche
Armuth drükt göttliche Dinge nie. ³⁷⁰ Nie
erbettelt ſich hier die Natur eine geringe Bey-
hülfe und ſucht nicht erſt hier und dort Luft zuſammen. Heere von Winden ſtehen ihr unaufhörlich zu Gebothe. Die Urſache, die den Durch-
bruch der Stürme hemmt, und ſie zu warten
zwingt, iſt uns noch gar nicht bekannt. Oft ver-
ſtopft ein aufgethürmter Haufen großer Ruinen
die Oeffnungen und verſchließt ſie gegen den
Kampf der Abgründe. ³⁷⁵ Die Glut ruhet
unter der Laſt, nicht anders, als unter einem ein-
geſtürzten Gebäude. Dann iſt der Berg, wie
ein zärtlicher Wollüſtling, träge und kalt, und
man

Pelle nefas animo, mendacemque exue famam.
Non eſt diuinis tam ſordida rebus egeſtas,
370 Nec paruas mendicat opes, nec corrogat auras.
Praeſto ſunt operi ventorum examina ſemper:
Cauſa latet, quae rumpat iter, cogat que
morari.
Saepe premit fauces magnis exſtructa ruinis
Congeries, clauditque vias, luctamine ab imo,
375 Et ſciſſo veluti tecto, ſub pondere reſtat.
Haud ſecus ac tenero, tum ſecum frigida monti
Deſi-

man darf ihn sicher besteigen. Hernach, wann die Winde sich eine Zeitlang ruhig gehalten haben, setzen sie um desto schneller wieder an, stoßen die ihnen entgegengedämmten Lasten fort, zerreißen die Bande, ³⁸⁰ und brechen seitwärts aus, wo sie nur einen Weg finden. Durch ihr Anprellen entsteht eine größere Gewalt; eine Flamme, vom großen Raube vermehrt, bricht aus, und ergießt sich im Feuersturze, weit über ausgebreitete Felder. So bald die Winde nachlassen zu stürmen, so gleich entzieht sich auch dieß prächtige Schauspiel unserm Auge wieder. Können nun Winde so gar einen Wald in Flammen setzen, und durch das Reiben das Feuer herbeylocken, ³⁸⁵ so kann durch sie auch das brennbare des Aetna entzündet werden, so kann durch

Desidia est, tuto que licet ascendere montem.
Post vbi continuere moram, velocius vrgent,
Pellunt oppositas moles ac vincula rumpunt,
380 Quicquid in obliquum est frangunt iter; acrior ictu
Impetus exoritur, magnis operata rapinis
Flamma micat, latos que ruens exundat in agros.
Si cessant a iure, ferunt spectacula venti.
Nunc superent, quaecunque regunt incendia siluae,
385 Quae flammas alimenta vocant, quod nutriat Aetnam,

Incen-

Der Aetna.

durch sie die Materie, die in seinen Hölen erzeugt wird, und alles, was Feuer fängt und es nährt, brennen. Außerdem kocht schon, hier ein beständig hinfließender Schwefelstrom, dort ein dicker geschmolzener Harz, ³⁹⁰ in häufig ausströmenden Güssen, und alles, was sonst wütende Flammen in der Nähe aufreizt. Hieraus besteht die Masse des ganzen Aetna. Daß diese Materie in das Innerste der Quellen selbst dringt, beweisen die schwefelduftenden Wässer am Fuße des Berges.

Ein Theil derselben liegt offenbar vor Augen, sie ist ein harter Körper und ³⁹⁵ Stein, aber in ihrem fetten Safte kocht die Glut. So gar

---

Incendi poterunt; illis vernacula caulis
Materia, appositum que igni genus vtile torrent.
Vritur assidue calidus nunc sulphuris humor,
Nunc spissus crebro praebetur flumine succus,
390 Pingue bitumen adest, & quicquid cominus acres
Irritat flammas; illius corporis Aetna est.
Atque hanc materiam penitus discurrere fontes,
Infectae euincunt & aquae, radice sub ipsa.
Pars oculis manifesta iacet, quae corpore duro est,
395 Ac lapis; in pingui feruent incendia succo.
Quin

gar liegen hin und wieder auf dem ganzen Berge einige namenlose Steine zerstreut, die von der Hitze schmelzen. Diesen ist von der Natur die Eigenschaft beygelegt, die ihnen mitgetheilte Glut recht hartnäckig in sich verschlossen zu halten. Allein die größte Ursache des Brandes auf dem Aetna, ist der Schwefelkies. Dieser hat sich den Berg vorzüglich zugeeignet. ⁴⁰⁰ Nimmt man ihn etwa in die Hand, und betrachtet seine Härte, so sollte man glauben, daß er weder Feuer halten, noch Feuer von sich sprützen könnte. So bald man ihn aber an dem Stahl schlägt, giebt er Funken, und mit jedem Schlage zündet sein Blitz. Wirf ihn in eine starke Glut, die ihm von allen Seiten zusetzt; so kannst du seinen Muth durch die Pein besiegen. Benimm ihm seine Härte; ⁴⁰⁵ er wird noch leich-

Quin etiam varie quaedam sine nomine saxa
Toto monte liquant; illis custodia flammae
Vera tenax que data est; sed maxima causa
                               molaris
Illius incendî lapis, is sibi vindicat Aetnam.
400 Quem si forte manu teneas & robora cernas,
Nec seruare putes ignem, nec spargere posse.
Sed simul ac ferro quaeres; respondet, & ictu
Scintillat calor: hinc multis circumdato
                         flammis,
Et potes extorquere animos; atque exue robur,
                                         405

leichter als Eisen in den Fluß kommen. Denn wenn er durch Feuer gezwungen wird, giebt er von Natur nach, und scheuet seine Verwüstung. So bald er aber die Flammen völlig eingetrunken hat, so ist kein sichereres Behältniß für das eingesogene Feuer. Er bewahrt die Glut in sich, mit aller Treue schließt er sie ein, und hält sie fest. So sehr verträgt er das Feuer, seinen Sieger, wenn er zerschmolzen ist! 410 Kaum verliert er je die Stärke seiner Hitze wieder, und speyt das Feuer ganz wieder aus. Denn, von seiner festen Kruste über und über verpanzert, nährt er die durch kleine Oeffnungen langsam zugelassene Glut, und giebt sie so ungerne und so widerstrebend wieder von sich, als er sie zu-

gelas-

405 Fundetur ferro citius; nam mobilis ille
    Et metuens natura mali est, vbi cogitur igni.
    Sed simul atque hausit flammas, non tutior haustis
    Vlla domus, seruans aciem, durans que tenaci
    Septa fide. Tanta est illi patientia victo!
410 Vix vnquam perdit vires, atque euomit ignem;
    Totus enim denso stipatus robore, tarda,
    Per tenues admissa vias, incendia nutrit,
    Cunctanter que eadem pigre que admissa remittit.

Nec

gelassen hatte. Allein nicht blos darum, weil er der größte Theil des Berges ist, [415] siegt seine Glut; In ihm selbst liegt auch die Ursache des Brandes verborgen. Er ist warlich voll bewundernswürdiger Stärke, muthvoll, voll ausdaurenden Lebens. Jede andere Materie die feuerfassend ist, stirbt nach einer einzigen Entzündung, nichts bleibt zur abermaligen Entzündung zurück, sie ist nichts als Asche, ein Staub ohne allen Feuersaamen; [420] dieser Stein hingegen, der zu wiederholtenmalen Feuer aushält, und schon tausend Flammen eingesogen hat, erneuert seine Kräfte beständig, und hört nicht eher zu glühen auf, bis er, nach völlig ausgebrannter Festigkeit, als ein leichter Bimsstein, in Asche er-

---

    Nec tamen hoc vno, quod montis plurima pars est,
415 Vincit; & incendî causam tenet ille; profecto
    Miranda est lapidum viuax animosa que virtus.
    Cetera materies, quaecunque est fertilis igni,
    Vt semel accensa est, moritur; nec restat in illa
    Quod repetas, tantum cinis & sine semine terra est.
420 Hic semel atque iterum patiens, ac mille perhaustis
    Ignibus, instaurat vires, nec definit ante,
    Quam leuis excocto defecit robore pumex

ermattet und, zum mürben Sand auseinander gefallen, todt vor uns liegt. Betrachte mehrere Oerter, wo auf eine ähnliche Art Hölen gebrannt haben, ⁴²⁵ du wirst daselbst wohl eine größere Menge brennbarer Materie antreffen, die der Boden hervorbringt; allein diese Art des aetnäischen Steins giebt uns schon an seiner Farbe die gewissesten Merkmaale, daß er nicht durch fremde Materie im Brande erhalten wird, und, ganz langsam ermattend, selbst Feuer ist. Man sagt Aenaria soll, den Kennzeichen nach, vor Zeiten gebrannt haben, und itzt nur ein mit Erde überschütteter Ueberrest einer verlöschten Entzündung seyn. Zwischen Neapolis ⁴³⁰ und Cumä ist ein Ort, der schon viele Jahre kalt liegt. Ob dieser gleich aus seinem fetten Boden einen ewigen Schwefel hervor

In cinerem, putres que iacet dilapsus arenas.
Cerne locis etiam similes arsisse cauernas,
425 Illic materiae nascentis copia maior:
Sed genus hoc lapidis, certissima signa coloris,
Quod nullas adiunxit opes & languet in ignes.
Dicitur indiciis flagrans Aenaria quondam
Nunc extincta supertexisse. Neapolin inter
430 Et Cumas locus est, multis iam frigidus annis,
Quamuis aeternum pinguescat ab vbere sulfur,
In

vortreibt: so wird er doch nur zum Handel von Kaufleuten gesammelt. Noch fruchtbarer, als der Aetna, ist jene Insel, die von ihrer runden Figur ihren Namen hat. Denn ihr Boden ist lauter Schwefel, ihre Erde ist nirgend ausgehölt und schief, ⁴³⁵ und der Stein der dort wächst, ist auch wohl fähig, Feuer auszubreiten; allein nur selten raucht sie, ja sie brennt kaum, wenn sie angezündet wird, weil ihr geringer Vorrath von brennbarer Materie nur kleine und baldsterbende Flammen nähret. Eine andere Insel, die den Namen des Vulkanus führt, und ihm geheiligt ward, ist noch itzt im Brande, allein der größte Theil desselben ist bereits verloschen, ⁴⁴⁰ sie nimmt vom Sturm beschädigte Flotten auf, und beschützt sie in ihrem Hafen.

In mercem legitur tantum. Foecundior Aetnâ
Insula, cui nomen facies dedit ipsa Rotundae.
Sulfur enim solum, nec obesa cauamine ter-
    ra est,
435 Et lapis adcretus regerendis ignibus aptus;
Sed raro fumat, quin vix, si accenditur, ardet.
In breue mortales flammas quod copia nutrit.
Insula durat adhuc, Vulcani nomine sacra,
Pars tamen incendî maior refrixit, & alto
440 Iactatas recipit classes, portu que tuetur.

Quae

Hafen. Der kleinere Erdſtrich der noch brennt, iſt zwar an fetten Ausdünſtungen reich genug, allein er darf ſeine Kräfte mit den ätnäiſchen nicht vergleichen. Dennoch wäre ſelbſt dieſer Brand längſt verloſchen, wenn ihm nicht der fette Boden, in verborgenen Gängen, verſtohlen
445 brennbare Materie zuführte und ſeinen Vorrath vermehrte; wenn die in engen Schlünden zuſammen gepreßte Winde nicht hin und her getrieben würden, welche den Flammen Nahrung geben.

Allein die Sache ſelbſt wird dich zu einer ſicherern Einſicht leiten. Was du erblikſt, ſtellt ſich dir an ſeinen wahren Kennzeichen dar, und der Brand ſelbſt ſucht ſich dir nicht zu verbergen. Denn an den Seiten und unten an dem
Fuße

❦

Quae reſtat minor & diues ſatis vbere terra eſt.
Sed non, Aetnaeis vires, quas conferat, illi.
Atque haec ipſa tamen iam quondam extincta
         fuiſſet;
Ni furtim adgeneret ſecretis callibus humor
445 Materiam, ſiluam que ſuam, preſſa que canali
Huc illuc ageret ventos, & paſceret ignes.
  Sed melius res ipſa nota eſt, ſpectata que veris
Occurrunt ſignis, nec tentat fallere peſtis.
Nam circa latera, atque imis radicibus Aetna
450

Fuße des Aetna ⁴⁵⁰ bläst er stürmend glühende Steine aus, und die aufgesprengten Erdadern sind mit Steinen vermischt, so daß man offenbar überzeugt wird, die Nahrung und Ursache des Brandes sey der Schwefelkies, dessen Mangel ein sehr kraftloses Feuer hinterläßt. Hat er viele Flammen eingesammelt, so streut er sie berstend wieder aus, setzt durch seinen Schlag ⁴⁵⁵ eine andere Brennmaterie in Flammen, zwingt sie zu schmelzen und schmilzt mit ihr. Zwar ist das nicht eben bewundernswürdig, was wir an ihm, außerhalb des Berges, wenn sich der Brand nach und nach legt, noch wahrnehmen. Im Innern der Schlünde greift ihn eine heftigere Glut an; hier reizt er das Feuer, rings um sich her, mehr zur Empörung auf, und schikt

untrüg-

※※※

450 Candentes efflat lapides, disiecta que saxa
    Intereunt venis, manifesto vt credere possis
    Pabula & ardendi causam lapidem esse molarem,
    Cuius defectus ieiunos colligit ignes.
    Ille, vbi collegit flammas, iacit, & simul ictu
455 Materiam accendit, cogit que liquescere secum.
    Haud equidem mirum factu, quod cernimus extra,
    Si lenitur opus reses; at magis vritur illic,
    Sollicitat que magis vicina incendia saxum.

Certa

untrügliche Vorbothen eines heraufeilenden neuen Brandes voraus. 460 Denn so bald sich nur die Winde regen, und Sturm dräuen, ergreift er, zerplatzend, die Flucht; den Augenblick bebt der Boden, und Erdspalten kündigen uns, mit einem donnernden Getöse unter unsern Füßen, das Feuer an. Alsdann ist es Zeit, bebend zu fliehen; dann muß man der Macht heiliger Naturbegebenheiten ausweichen. Von einem sicheren Hügel magst du dann alles in der Ferne betrachten. 465 Denn plötzlich braust der Brand des arbeitenden Felsens auf, entzündete Felsen folgen ihm, abgerissene Ruinen heben sich an die Luft empor, und schwarze Klumpen Sandes sausen darinn. Der Berg
hält

Certa que venturae praemittit pignora flammae.
460 Nam simul atque mouent Euri, turbam que minantur,
Diffugit, extemplo que solum tremit, acta que rima
Et graue sub terra murmur demonstrat & ignes.
Tum pauidum fugere & sacris tum cedere rebus
Par erit; e tuto speculaberis omnia colli.
465 Nam subito efferuent operosae incendia rupis,
Accensae subeunt rupes, truncae que ruinae,
Prouoluunt, atque atra sonant examina arenae.
Nec

hält die große Flamme nicht aus, ermattend keicht er, und so wie sich sein Feind Luft verschafft, entgeht jenem der Odem. 470 So liegt in der Freude des Triumphs ein besiegtes Heer auf dem Schlachtfelde hingestreckt und sein Lager unter ihm. Ist hier und dort ein Stein von der äußersten Glut ganz ausgemergelt, so wird er nach seiner Verbrennung, eine rauhe Masse und eine schmuzige Schlacke, wie sie sich etwa, durch die Schmiedeesse gezwungen, vom gereinigten Eisen scheidet. 475 Nachdem aber die aus dem Abgrunde in die Luft gehobene Steinklumpen nach und nach herausgeschleudert sind, so fängt die Lava an, aus dem engen Becher mehr und mehr hervorzubrausen. (Wie in einem Brennofen, wird im Berge der

    Nec recipit flammas mons hic, defessus anhelat,
    Vt que aperit se hostis, decrescit spiritus illi.
470 Haud aliter quam cum laeto deuicta tropaeo,
    Prona iacet campis acies, & castra sua ipsa.
    Tum si quis lapidum summo pertabuit igni,
    Asperior sopita & quaedam sordida faex est,
    Qualem purgato cernis decedere ferro.
475 Verum vbi paullatim exsiluit sublata caduci
    Congeries saxi, angusto e vertice, sursum,
    (Sic, veluti in fornace lapis, torretur, & omnis

Exui-

Der Aetna.

der Stein geröstet; sein Saft trennt sich völlig von ihm und steigt hoch in die Höhe; seiner ganzen Schwere und Festigkeit beraubt, ist er zu einem schlechten und gewichtlosen Bimsstein 480 verkocht) die Lava fließt wie ein sanfter Strom dahin, und senkt seine Feuerwellen von der Höhe auf niedrigere Hügel herab. Nach und nach breiten sie sich an zwölf tausend Schritte aus, denn nichts treibt sie wieder rückwerts; nichts darf sich den schwarzen Feuerwellen widersetzen; 485 kein Damm umschränkt sie, und sie trotzen seiner Festigkeit. Diese Fluthen räumen alles zugleich bis auf den Grund weg. Hier verschlingen sie Wälder, dort Steinklippen. Selbst der

Erd-

❦

Exuitur penitus venis, subit altius humor;
Amissis opibus leuis & sine pondere pumex
480 Excoquitur) liquor ille magis feruere ma-
gis que,
Fluminis in speciem mitis procedere tandem
Incipit & primis demittit collibus vndas.
Illae paullatim bis sena in millia pergunt,
Quippe nihil reuocat, atris nihil ignibus obstat,
485 Nulla tenet frustra moles; simul omnia pur-
gant,
Nunc siluas rupesque vorant haec tela; so-
-lum que
Ipsum

F

Erdboden vermehrt seine verwüstende Kraft und wird mit dem Strome, den er gern einsaugt, selbst ein glühender Strom. Stockt er sich etwa, von Thälern und Hölen aufgehalten; (denn er wälzt sich auch über höckerichte Gegenden und verschlingt sie,) 490 so verdoppelt er seine Wellen und treibt, in neuen Fluthen, die stillstehenden brausend vor sich hin. So zeigt sich uns ein tobendes Meer mit seiner Fluth am krummen Gestade. Zuerst treibt eine kleine Krümmung des Wassers die folgende; kömmt sie weiter, so verbreitet sie sich gewaltig, und schlägt vom Gestade zischend zurück. Die Feuerströme stemmen sich an den Usern 495 und verhärten sich durch die Kälte des Wassers; sie gerinnen nach und nach

---

  Ipsum adiutat opes, facilem que sibi induit
    amnem.
  Quod si forte cauis cunctatus vallibus haesit,
  (Vt pote inaequales voluens perpascitur agros,)
490 Ingeminat fluctus & stantibus increpat vndis:
  Sicut cum curuo rapidum mare cernitur aestu,
  Ac primum tenuis sinus exigit vlteriores,
  Progrediens late diffunditur & subcernens.
  Flumina consistunt ripis ac frigore durant,
495 Paullatim que ignes cöeunt, ac flammea messis.
          Exui-

nach, und die Flammenschwangere Lava ist wieder Stein. Sie verliert ihre erste Gestalt gänzlich. Wie jeder Klumpen der Masse versteinert wird, dampft er aus; von seiner Last gedrückt, stürzt er mit gewaltigem Geprassel herab, und indem er an den tönenden Abgrund anprellt, berstet er unter dem Schlage seines Sturzes. 500 Eine schneeweiße Härte blitzt aus der zersprungenen Materie hervor, aus tausend Trümmern blitzt sie, und die noch von der Glut erhitzten Steine sprühen Funken von sich. Schaue dort in die Ferne hinüber! Schaue sie dort vonferne herabstürzen! Noch stürzt sich die feurige Fluth, unabgekühlt, von allen Seiten herab; trägt es sich aber zu, daß sie über die Ufer eines Stromes tritt, 505 so wird man die verhärtete Lava

Exuitur facies tunc prima; vt quaeque rigescit,
  Effumat moles, atque ipso pondere tracta
  Voluitur ingenti strepitu, praeceps que sonanti
  Cum solido inflicta est, pulsantis dissipat ictus.
500 Et qua dissoluta est, candenti robore fulget,
  Et micat examen plagis; ardentia saxa
  Scintillant. Procul ecce vide, procul ecce
                            ruentes,
Incolumi feruore cadunt vtrimsecus ignes.
  Si fuerit quondam vt ripas traiecerit amnis,

505

Lava kaum mit eingeschlagenen Keilen trennen. Sehr oft liegt die hergeschwemmte Steinlast über zwanzig Tage lang dort.

Doch, nur umsonst versuche ich es, jedes durch die Erklärung seiner wahren Ursache auseinander zu setzen, wenn du der lügenhaften Sage noch immer treu bleibst, oder glaubst, eine ganz andere Materie flöße in den braunen Flecken der feurigen Asche ^{510} mit der Eigenschaft des Feuersteins häufig vereint, zusammen, und wenn du das Vorurtheil gar nicht ablegst, der Schwefel brenne hier nur mit zähem Harze vermischt. Denn der Aetna speit ja hernach auch ausgebrannte Kreide in großer Menge hervor; du siehst, daß hier Kreidengräber arbeiten, und daß, nach einer völligen Abkühlung, diese Materie

505 Vix cuneis quisquam fixis dimouerit illam.
Vicenos persaepe dies iacet obruta moles.
Sed frustra certis disponere singula causis
Tentamus; si firma manet tibi fabula mendax,
Materiam ve aliam credis, furuo igne fauillae,
510 Plurima proprietate simul concrescere, si que
Commistum lento flagrare bitumine sulfur.
Nam post exustae cretae quoque robora fundit;
Et figulos hic esse vides; dein frigoris vsu
Duri-

Materie ihre alte Härte wieder angenommen, und alle Flüßigkeit verlohren hat.

515 Allein ein Kennzeichen, das auch an: dern Dingen eigen ist, wird nie wichtig; und eine Ursache, deren Gewißheit noch schwankt, überzeugt nicht. Auf eine unwiderlegliche Ge: wißheit muß sich alles stützen, was für uns Wahrheit seyn soll. Denn, wie die Natur des tonvollen Metalles allemal kenntlich bleibt, es mag nun durch die Gewalt des Feuers zum Fluß gebracht, oder in seiner Substanz geblieben seyn, so, daß man in der Vergleichung beyder Gat: tungen, schon durch den Augenschein erkennet, daß beydes Erzt ist: 520 auf gleiche Weise hat auch dieser Stein (er zerfließe nun in Flammen: ströme, oder er sey auch vom Feuer noch) ganz unbe:

Duritiem reuocare suam, & constringere venas.
515 Sed signum commune leue est, atque irrita causa
Quae trepidat; verum tibi certo pignore constet.
Nam velut arguti natura est aeris, & igni
Cum domitum constat, eadem que & robore saluo,
Vtramque vt possis aeris cognoscere partem:
520 Haud aliter lapis ille tenet (seu forte madentes
Effluat in flammas, seu sit securus ab illis)
Con-

unberührt) seine gewisse Kennzeichen, die er behält. Er entzieht unserm Auge das in ihm verschlossene Feuer nicht. Selbst durch die Hitze hat er von seinem Äußerlichen nichts eingebüßt. Nicht der Geruch, nicht die Leichtigkeit verändert sein Ansehen. Er werde nach und nach so locker als er immer wolle, seine Gestalt bleibt, 525 und er ist, nach allen möglichen Veränderungen, eben die Erdart, die er zuvor war. Indeß läugne ich nicht, daß auch gewisse andere Steine Feuer fassen, und daß die Glut in ihrem Innern sehr tobt, wenn sie sich entzündet haben. Es ist dieses eine ihnen eigene Kraft. Eben dieser Art Steinen haben die Sicilianer hievon besondere Benennungen beygelegt. Sie nennen sie Schmelzsteine. Die Erfinder dieses Namens wollten dadurch

---

Conseruatque notas, nec vultu perdidit ignes.
Quin etiam externum nil ei calor ipse resoluit,
Non odor aut leuitas; putris magis ille, magis que,
525 Vna operis facies, eadem que per omnia terra est.
Nec tamen inficior, lapides ardescere certos,
Interius furere accensos; haec propria virtus.
Quin ipsis quaedam Siculi cognomina saxis
Imposuere Fricas, etiam ipso nomine signant
530

dadurch zu erkennen geben, [530] daß sie sie zu den schmelzbaren gerechnet. In der That aber schmelzen sie nie, wenn ihre Adern nicht durch und durch mit dem aetnäischen Kies vermischt sind, ob gleich sonst eine saftige Masse in ihnen verschlossen liegt.

Wer sich überhaupt darüber wundert, daß Steine bey ihrer Härte zum Fluß gebracht werden können, der lese nur mit einigem Nachdenken, was Heraclit hiervon, in seiner sonst dunkeln Schrift, sehr wahr gesagt hat. [535] Er wird daraus lernen, daß gegen das wahre Feuer nichts unbezwinglich ist, weil alle Saamen der Dinge in der ganzen Natur darinn gegründet worden. Dieses ist auch nicht sehr zu bewundern. Oft bezwingen wir ja die dichtesten Körper,

---

530 Fusilium esse notas; nunquam tamen illa liquescunt,
 Quamuis materies foueat succosior intus,
Ni penitus venae fuerint commista molari.
 Quodsi quis lapidis miratur fusile robur,
 Cogitet obscuri verissima dicta libelli,
535 Et discet vero nihil insuperabile ab igni,
 Omnia quo rerum naturae semina iacta.
 Nec nimium hoc mirum; densissima corpora
      saepe

Et

per, wenn sie auch den unporösen festen nahe kämen, dennoch durch das Feuer. Siehst du nicht das muthvolle Metall den Flammen unterliegen? 540 Trennt sich nicht die Biegsamkeit vom Bley? Wird nicht die sehr harte Materie des Eisens dennoch durch Feuer endlich überwältigt? Und schwitzen in den Gewölbern der Schmelzöfen dicke Goldstufen nicht Schätze aus? Vielleicht liegt auch im tiefen Schooße der Erde noch manches unentdeckte von ähnlicher Beschaffenheit. 545 Wir bedürfen hier auch keiner scharfsinnigen Muthmaßungen. Der Augenschein wird dir schon dein Urtheil entgegen bringen. Denn dieser ätnäische Stein ist zwar unter den Schlägen des Hammers immer hart, auch wird er in einer kleinen Flamme, und unter

※

Et solido vicina, tamen compescimus igne
Non animos aeris flammis succumbere cernis?
540 Lentitiem plumbum non exuit? ipsaque ferri
Materies praedura, tamen subuertitur igne?
Spissaque suspensis fornacibus aurea saxa
Exsudant pretium? Quaedam fortasse profundo
Incomperta iacent, similique obnoxia sorti.
545 Nec locus ingenio est; oculi, te iudice, vincent.
Nam lapis ille riget perculsus, & ignibus obstat,

Si

ter freyen Himmel das Feuer selbst aushalten; laß ihn aber durch und durch glühend werden, und bändige seine rebellische Härte durch die Macht des Ofens; diese wird er nicht ertragen, gegen einen so wütenden Feind dauert er nicht aus, 550 er besiegt ihn, nimmt ihm seine Stärke, und zwingt ihn sich zu ergeben. Er schmilzt. Um wie viel kann nun die folternde Gewalt der Glut nicht schon durch Werkzeuge unserer Kunst vermehret werden? Und welche Kunst des Menschen bringt die Glut hervor, die in den großen Schmelzöfen des Aetna tobt? dieß heilige Feuer, das ein ewigdauernder Vorrath der unerschöpflichen Natur unterhält? 555 nicht das ohnmächtige, das für unsere Bedürfnisse Wärme führt, sondern das dem Himmel näher, und dem

---

Si paruis torrere velis, coelo que patenti,
Candentem, preſſum que agedum fornace
coërce;
Nec ſufferre poteſt, nec ſaeuum durat in hoſtem.
550 Vincitur & ſoluit vires, captus que liqueſcit.
Quae maiora putas autem tormenta moueri
Poſſe manu? quae tanta putas incendia noſtris
Suſtentari opibus, quantis fornacibus Aetna
Vritur, a ſacro numquam non fertilis igne?
555 Sed non qui noſtro feruet moderatior vſu,
Sed coelo proprior, vel quali Iuppiter ipſe
Arma-

dem Blitze ähnlich ist, womit sich Jupiter waffnet. Mit dieser Feuermacht gesellt sich ein wilder, aus engen Schlünden hervorgepreßter Sturm. So zerschmeißen schwere Hämmer in der Schmiedeesse die Eisenmasse ⁵⁶⁰ mit eilender Heftigkeit, das geschlagene Feuer fährt auseinander, zitternde Blasbälge erschöpfen ihre Stürme und jagen Heere von ausgepreßten Winden hintereinander fort. — So verhält es sich mit dieser großen Naturerscheinung, so verhält es sich mit dem Brande des edeln Aetna: die Erde zieht durch ihre Hölen die Kräfte dazu ein, und drängt sie zusammen; die durch den Wind belebte Glut lebt in großen Felsen von Schwefelkies.

⁵⁶⁵ Prächtige Palläste, von Schätzen der Reichen überhäufte Tempel, oder heilige Bildsäulen

Armatus flamma est; his viribus additur ingens
Spiritus, adstrictis elisus faucibus: vt cum
Fabriles operae tudibus contundere massas
560 Festinant, ignes quatiunt, folles que trementes
Exanimant, pressos que instigant agmine
ventos.
Haec operis summa est; sic nobilis vritur
Aetna:
Terra voraminibus vires trahit, vrget in arctum;
Spiritus incendî viuit per maxima saxa.
565   Magnificas aedes, operosa que visere templa
Diui-

säulen in Marmor, und Alterthümer zu betrach=
ten, die theils durch die Dauerhaftigkeit ihrer
Materie unverletzt zur Nachwelt übergangen,
theils durch ein verheerendes Verhängniß bald
wieder zerstümmelt worden, durchstreichen wir
die Welt. Mit gierigen Fäusten wühlen wir
Lügen einer verjährten Sage aus der Erde her=
vor, und unsere Neubegierde jagt uns durch al=
le Nationen. 570 Bald überfällt uns die Lust,
Mauren, die das vom Ogyges beherrschte The=
ben umgaben, zu betrachten; und hier jene Brü=
der in ihren Bildsäulen zu sehen. „Seht! die=
„ser ist der fleißige Landmann! der andere, der
„Sänger, der das Andenken ihrer gemeinschaft=
„lichen Anlage von Theben, entfernten Jahr=
„hunderten zu übergeben wußte!„ Bald bewun=
dern

    Diuitiis hominum, aut sacra marmora, res ve
                                  vetustas
     Traduce materia, aut tetris, per proxima, fatis,
     Currimus; atque auidi veteris mendacia famae
     Eruimus, cunctas que libet percurrere gentes.
570 Nunc iuuat Ogygiis circumdata moenia Thebis,
     Cernere que hic fratres; ille impiger, iste
                              canorus
     Condere felices alieno interserit aeuo.
                                      Inui=

dern wir hier Steine, die durch ein frommes
Lied einer wundervollen Leyer zusammengespielt
wurden; bald den Dampf des Weihrauchs, der
von zwey Opfern eines Altars unvereint in die
Höhe stieg; 575 bald die sieben Heerführer und
jenen, den die Erde verschlang. Dort fesselt der
Eurotas unsere Wißbegierde, und das, unter
den Gesetzen des Lykurg, aufblühende Sparta;
uns reizt der Muth jenes zum blutigem Gefech-
te eingeweiheten Heers, das für seinen König
alles aufopferte. Bald wird das cekropische
Athen besucht, das sich seiner mannigfaltigen
Gedichte, und des Sieges seiner Minerva freu-
ete. 580 „Hier vergaßest du, treuloser Theseus,
„vorzeiten, als du zurückkehrtest, deinen beküm-
„mer-

Inuitata pio nunc carmine saxa, lira que,
Nunc gemina ex vno fumantia sacra vapore
575 Miramur, septem que duces, raptum que
profundo.
Detinet Eurotas illic & Sparta Lycurgi,
Et sacer in bellum numerus, sua turba regenti.
Nunc hic Cecropiae variis spectantur Athenae
Carminibus, gaudens que sua victrice Minerua.
580 Excidit hic reduci quondam tibi, perfide
Theseu,

„merten Vater durch die Auffsteckung der weißen
„ Flagge wieder aufzurichten: Hier wärest du,
„ Erigone, itzt ein berühmtes Gestirn, vormals
„ Athens Verbrechen gegen deine Vaterliebe.
„ Siehe, dort rufen dich, Philomele, dein und
„ deiner Nachkommen neuer Auffenthalt, die
„ tonreiche Wälder! Und du, ihre Schwester,
„ die du sie liebreich in deinem Hause aufnahmst,
„ wirst noch itzt in Häusern 585 aufgenommen.
„ Der wilde Tereus heult, auf ewig verbannt,
„ in traurigen Wüsteneyen.„ Bewundernd sehen wir die Asche von Troja vor unsern Füßen,
und das in seinen besiegten beweinenswürdige
Pergamos; den Staub der mit ihrem Hektor
erwürgten Trojaner, den kleinen Grabhügel des
größten Heerführers. Siehe, dort liegt auch
der

Candida follicito praemittere vela parenti.
Tu quoque Athenarum crimen, iam nobile
                                  sidus,
Erigone; sedes vestra, en, Philomela, canoris
Te vocat in siluis; & tu, soror hospita, tectis
585 Acciperis; solis Tereus ferus exsulat agris.
Miramur Troiae cineres & flebile victis,
Pergamon, exstinctos que suo Phrygas Hecto-
                          re, paruum
Conspicimus magni tumulum ducis hic &
                            Achilles

Impi-

der feurige Achill, der Sieger des großen Hektor, selbst auf ewig besiegt! ⁵⁹⁰ So gar Gemälde und Statuen griechischer Künstler werden unaufhörlich angestarret. Bald stehen wir wie Bildsäulen neben dem, durch die Kunst des Meisters, triefenden Haare der Göttin von Paphos; bald neben den zarten Knaben, die in kindischer Unschuld unter dem gezückten Dolche der grimmigen Colcherinn spielen; bald neben der Gruppe eines, um den Altar der untergeschobenen Hindinn, weinenden Volks, und des trauernden Vaters mit verhülltem Gesichte; bald neben dem lebendscheinenden Meisterstücke des Myron; ⁵⁹⁵ bald so gar neben der Menge mittelmäßiger Kunstwerke.

Unter einer zweifelhaften Hoffnung des Lebens

Impiger & victus magni iacet Hectoris vltor.
590 Quin etiam Graiae fixos tenuere tabellae,
Signaue; nunc Paphiae rorantes arte capilli,
Sub truce nunc parui ludentes Colchide nati,
Nunc tristes circa subiectae altaria ceruae,
Velatus que pater, nunc gloria viua Myronis,
595 Quin etiam illa manus operum, turbae que morantur
Haec visenda putas terrae, dubiusque maris que;

Arti-

bens spähest du dergleichen zu Wasser und Lande auf. Betrachte dieß große Werk der unnachahmlichen Künstlerinn, der Natur! Kein durch die Kunst des Menschen hervorgebrachtes Schauspiel ist, besonders zur Nachtzeit, wenn der glühende Sirius brennt, so groß, so sehenswürdig. 600 Indeß erhält sich, deines unaufmerksamen Leichtsinns ohngeachtet, dennoch eine dem Berge ganz eigene Wundergeschichte. Dieß edle Feuer ist nicht minder menschenfreundlich, als gewaltig. Als der Aetna vor Zeiten mit zörnender Gewalt alle seine Schlünde lossprengte, und sein Feuerguß, nach einer gänzlichen Umstürzung seiner Oefen, von der schnell auftobenden Glut, wie ein Springwasser, hoch in die Luft getrieben ward; 605 brannten die Saaten

---

    Artificis naturae ingens opus aspice, nulla
    Tu tanta humanis rebus spectacula cernes;
    Praecipue que vigil, feruens cum Sirius ardet.
600 Insequitur miranda tamen sua fabula montem.
    Nec minus ille pius, quam fortis, nobilis ignis,
    Nam quando ruptis excanduit Aetna cauernis
    Et velut, euersis penitus fornacibus, ignis
    Euecta in longum rapidis feruoribus vnda est,
                                605

ten der Felder nicht anders, als wenn Blitze, von der Wuth Jupiters entzündet, die Luft durchkreuzen, und der heitere Himmel in ein pechschwarzes Gewölke verhüllt, furchtbar über unserm Haupte trauert. Tausend lachende Gefilde, Kornfelder samt den Hütten und Palläsien, Wälder und grünende Hügel stunden in Flammen. Kaum dachte man, der Feind habe sein Läger aufgebrochen, so zitterte schon alles, ⁶¹⁰ und itzt bestürmte er auch schon die Thore einer ihm nahen Stadt. In ängstlicher Eile bestrebt sich jeder, ihm, wie er Muth und Kräfte hat, seine Güter zu entreißen. Jener seufzt unter der Last seines Goldes, dieser rafft Waffen auf

---

605 Haud aliter quam cum, saeuo Ioue, fulgurat aether,

Et nitidum, obscura coelum caligine torpet:

Ardebant aruis segetes, & millia culta,

Iugera cum domibus, siluae, colles que virentes.

Vix dum castra putant hostem mouisse, tremebant,

610 Et iam finitimae portas inuaserat vrbis.

Tum vero, vt cuique est animus, vires que, rapina

Tutari conantur opes; gemit ille sub auro,

Colli-

auf, und wirft sie, vor Angst thöricht, über den
Hals. Einen andern, der von der Bürde seines
Raubes entkräftet ist, verweilen seine Verbrechen. ⁶¹⁵ Dort eilt ein Bettler, leicht zu Fuße,
mit einem kleinen Bündel unter dem Arme, zur
Stadt hinaus. Was jedem am liebsten ist, unter dessen Last flieht er, allein nicht ohne Verderben folgt jeder Raub seinem Besitzer. Zaudern-
de frißt das Feuer, und Geitzige krümmen sich
überall in der Glut. Sie holt manchen ein,
der ihr glücklich entronnen zu seyn glaubte, und
mancher, der sich schon seiner Beute freute, ⁶²⁰
wird Asche. Der verheerende Brand, keines
zu verschonen entschlossen, wollte nur zweyer Elternretter schonen. Die besten Söhne, Amphinomus

---

  Colligit ille arma & stulta ceruice reponit,
  Defectum raptis illum sua crimina tardant,
615 Hic velox minimo properat sub pondere pauper,
  Et quod cuique fuit cari fugit ipse sub illo;
  Sed non incolumis dominum sua praeda se-
       quuta est.
  Cunctantes vorat ignis & vndique torret
       anaros,
  Consequitur fugisse ratos & praemia raptis
620 Concremat; haec nullis parsura incendia pascunt,
  Vel solis parsura piis; nam que optima proles
       Amphi-

nomus und sein Bruder, unter gleicher Last
gleich stark, erblickten, da die Glut schon auf
den benachbarten Dächern prasselte, ihren ab-
gelebten Vater neben ihrer Mutter, 625 beyde, leider, von Alter ganz entkräftet, an der
Schwelle des Hauses in Ohnmacht liegen. Spa-
re, gieriger Pöbel, deine Mühe, schwere Schätze
von der Erde aufzuheben! Siehe, diesen Jüng-
lingen sind Vater und Mutter allein Reichthum!
Diese Beute raffen sie schnell auf und eilen mit-
ten durch ein Feuer zu kommen, das ihnen selbst
Bürgschaft gegen ihr Verderben anbietet. Erhabenste Tugend, mächtigste der Natur, edler
Trieb der Elternliebe, 630 du bist mit Recht
die treuste Beschützerinn des Menschen! Die
Flam-

Amphinomus frater que, pari sub pondere
          fortes,
 Cum iam vicinis streperent incendia tectis,
 Adspiciunt pigrum que patrem, matrem que,
          senectâ
625 Eheu! defessos, posuisse in limine membra.
 Parcite auara manus dites attollere praedas!
 Illis diuitiae solae mater que pater que.
 Hanc rapiunt praedam, medium que exire per
          ignem,
 Ipso dante fidem, properant. O maxima rerum,
630 Et merito pietas homini tutissima virtus!
          Eru-

Flammen erröthen, so zärtliche Jünglinge zu berühren. Wohin sie den Fuß setzen, weichen sie ihnen bescheiden aus. Glücklich war dieser Tag, und schuldlos für den ganzen Erdkreis. Zur Rechten umströmen sie verwüstende Flammen und zur Linken brausen sie mit nicht minderer Wuth hin. ⁶³⁵ Amphinomus geht, samt seinem Bruder, wie Sieger im Triumphe, stolz durch das Feuer; jeder unter seiner frommen Last sicher. Es flieht, und ein alles verschlingendes Element bändigt rings um die frommen Brüder seine gefräßige Raubsucht. Nachdem sie endlich unbeschädigt entkommen, tragen sie ihre gerettete Gottheiten auf ihren Schultern, einem sicheren Volke zu. Von Bewunderung belebt, ertönen die Lieder der Dichter von ihnen. ⁶⁴⁰ Ihnen hat,

unter

Erubuere pios iuuenes attingere flammae,
Et quacumque ferunt illi vestigia, cedunt.
Felix illa dies, illa est innoxia terrae.
Dextera saeua tenent, laeua que incendia feruent;
635 Ille per obliquos ignes, frater que triumphant,
Tutus vterque pio sub pondere, suffugit illac,
Et circa geminos auidus sibi temperat ignis,
Incolumes abeunt tandem, & sua Numina secum
Salua ferunt. Illos mirantur carmina vatum,
640

unter einem ruhmvollen Namen, der Gott des Schattenreichs, von andern Schatten abgesondert, den anmuthigsten Auffenthalt im Elysium angewiesen. Die vertilgende Vergessenheit, das Loos gemeiner Sterblichen, trifft diese heiligen Jünglinge nicht. Ihr Grabmaal verdiente die Unsterblichkeit, und das ewige Vorrecht der frommen Elternretter.

640 Illos feposuit claro sub nomine Ditis,
    Nec sanctos iunenes attingunt sordida fata,
    Sed vere cessere domus & iura Piorum.

Fragment
eines Gedichts
des Cornelius Severus.

Auf den Tod des Cicero.

Nemo ex tot disertissimis viris melius Ciceronis mortem deplorauit, quam Cornelius Seuerus.
Seneca Rhetor.

Im Blute lagen dort auf ihren Rednerbühnen
Die größten Köpfe Roms, die noch zu leben schienen.
Doch Ein entrumpftes Haupt, Ein redendes Gesicht
Zieht aller Blick auf sich; auf andre merkt man nicht.

DE CICERONIS MORTE.

Ora que magnanimûm spirantia paene virorum
In rostris iacuere suis; sed enim abstulit omnes,
Tamquam sola foret, rapti Ciceronis imago.

Das Haupt des Cicero wies klagend seine Thaten:
Verschworne zum Verrath, die er dem Staat verrathen,
Die Gräuel, die sein Muth im Ausbruch noch entdeckt,
Selbst im Patricier den Bürgerfeind versteckt.
Roms Schutzgeist sah das Volk sich am Cethegus rächen,
Des Catilina Wunsch vereitelt im Verbrechen,
Des Vaterlandes Grab, blutdräuende Gefahr,
Dieß alles stellt dieß Haupt der Bürger Herzen dar.
Was half ihm Gunst? was Ruhm? was Aemter, die
     er schmückte?
Was heilger Künste Glanz, der uns in ihm entzückte?
Ein Tag legt Rom in Staub, und unter einem Streich
Stirbt die Beredsamkeit, und traurt ihr ganzes Reich.
Der Retter unsers Staats, der Einzge, der ihn schützte,
Der Vater, der noch Rom im Einsturz unterstützte,

           Der

❦

 Tunc redeunt animis ingentia Consulis acta,
5 Iuratae que manus, deprensa que foedera noxae,
 Patricium que nefas; ast tunc & poena Cethegi,
 Deiectus que redit votis Catilina nefandis
 Quid fauor, aut coetus? pleni quid honoribus anni
 Profuerunt? sacris exacta quid artibus aetas?
10 Abstulit vna dies ciuis decus, icta que luctu
 Conticuit Latiae tristis facundia linguae.
 Vnica sollicitis quondam tutela, salus que,

          Egre-

Der Edle, der dem Rath, dem Bürger, und der Welt
Ruh, Gottesdienst, und Recht, und Freyheit hergestellt,
Der Einzge stirbt! noch kühn den Römer ganz zu zeigen!
Roms freye Stimme schweigt und wird nun ewig
schweigen.
Die scheusliche Gestalt, dieß edle Silberhaar
Das gestern noch der Schmuck des großen Greises war,
Und nun sein Blut befleckt; die Hand, die das geschrieben,
Was uns so dringend lehrt das Vaterland zu lieben,
Zertritt mit bitterm Hohn des schlechtsten Bürgers Fuß.
Auf unsers Consuls Haupt jauchzt ein Antonius!
Er scheut nicht das Geschick, das Menschen fürchten
müssen,
Nicht Götter. Nie kann er genug den Frevel büßen.

Der

Egregium semper patriae caput, ille Senatus
Vindex, ille fori, legum, ritusque, togaeque
15 Publica vox saeuis aeternum obmutuit armis.
Informes vultus, sparsamque cruore nefando
Canitiem, sacrasque manus, operumque mi-
nistras
Tantorum, pedibus ciuis proiecta superbis,
Proculcauit ouans, nec lubrica fata, deosque
20 Respexit; nullo luet hoc Antonius aeuo!

Hæc

Auf den Tod des Cicero.

Der Sieg, der Kriegern, Trotz, und Muth, dem Pöbel giebt,
Hat an Rebellen selbst dergleichen nicht verübt.
Der Fürst Aemathiens, besiegt von unserm Heere,
Ward unsrer Menschlichkeit, wie unsrer Waffen, Ehre;
Der wilde Syphax selbst hat unsern Ruhm vermehrt,
Philippus ward von uns besiegt, und nicht entehrt;
Den römischen Triumph muſt ein Jugurtha schmücken,
Kein Schwerdt hat es gewagt den Frevler zu zerstücken;
Ein trotzger Hannibal, verwünschte Rom ihn gleich,
Kam unverstümmelt doch in Plutons schwarzes Reich.

Haec nec in Aemathio mitis victoria Perse,
Nec te, dire Syphax, nec fecit in hoste Philippo;
In que triumphato ludibria cuncta Iugurtha
Abfuerunt, nostrae que cadens ferus Hannibal irae
25 Membra tamen Stygias tulit inuiolata sub vmbras.